金庸译文

幸福婚姻讲座

Cours de Bonheur Conjugal

André Maurois

[法] 安德烈·莫洛亚 著

金庸 译

朗声图书

广州出版社
GUANGZHOU PRESS

图书在版编目（CIP）数据

幸福婚姻讲座 /（法）安德烈·莫洛亚著；金庸译.
广州：广州出版社，2024. 9. --（金庸译文）.
ISBN 978-7-5462-3771-8

Ⅰ. I565.45

中国国家版本馆CIP数据核字第20243AU359号

金庸译文　幸福婚姻讲座

出版发行　广州出版社
（地址：广州市天河区天润路87号广建大厦九楼、十楼
邮政编码：510635　网址：http://www.gzcbs.com.cn）
策　　划　欧阳群
责任编辑　何　娴　田宇星
责任校对　林春光　颜云雁
封面设计　李家生
代理发行　广州市朗声图书有限公司（发行专线：020-34297719）
印　　刷　广东源隆印刷有限公司
（地址：广东省佛山市高明区更合镇鸿洶路7号58栋厂房
邮编：528200）
开　　本　880毫米×1230毫米　1/32
总 字 数　102千
总 印 张　5.75
版　　次　2024年9月第1版
印　　次　2024年9月第1次
书　　号　ISBN 978-7-5462-3771-8
定　　价　48.00元

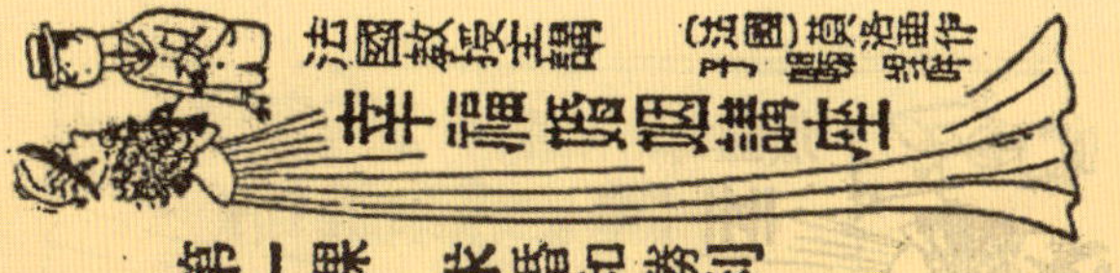

法國教授主講

幸福婚姻講座

（法國）莫洛亞作　子晴譯

第一課　求婚和勝利

法國一所大學裏的一間小講堂。學生們一批一批的談笑着進來。坐好了，教授請大家安靜。

教授：各位女士、各位先生——這似乎很奇怪，一位大學教授竟會開課講授婚姻問題，對於這個問題，生活與經驗會講得比任何大師更好。那不錯，但是生活要在你評過許多試驗，犯了許多過失之後才慢慢的教會你。為什麼不避免這許多痛苦？為什麼不從別人的經驗中得到好處？我想稍稍說明一下。我這講座中將包括一些戲劇化的演出，在這裏你們的面前表演，用來說明在婚姻生活中她該怎樣，不應該怎樣。喜劇一向是人類的偉大導師。通過一些短短的喜劇，我希望能夠向你們指出某些錯誤的愚蠢的態度，使得你們不致去犯同樣的毛病。

我們在第一課裏要研究婚姻的先決問題，那就是求婚和追求成功。表面上看來，好像是男人追求到了女人；事實上，這是女人出於愛情設着友誼，使結婚終成功。我知道，一向的習慣總是女人等男人來求婚，但這等待決不是消極的。「女人等男人。不錯。但那就像蜘蛛等着蒼蠅。」

各位小姐，這並不是不好。一個女人如認為一個男人可以使他們兩人都能得到真正的幸福，那麼設法引他和她結婚完全是對的。總有時不得不採取一點旁敲側擊的辦法，因為男人不大肯放棄他自由自在的獨身生活，他不久就會對這位小姐的態度發生疑心，因而採取防禦。對付男人這種態度的關鍵是在他的自負。男人總自以為了不起，而且相當虛榮。在「馬薩克的亞波崙」（ L'Apollon de Marsac ）那本書中，吉拉杜（Giradoux）指出，一個男人不論是多麼難看，如果一個女人說他漂亮，他總會相信。今天，我們表示給你們看，從友誼通到婚姻的最短道路，在於女人對男人聰慧的關心和敬仰。

這是我們的兩位角色：瑪麗絲，二十歲，正在[illegible]的最好時期；菲立普，一位年青的工程師，廿九歲。在第一場中，他們正在海邊渡假，一起躺在沙灘上，俯身看着佈景上面的「大海」。

菲立普　你真有點兒古怪，瑪麗絲。昨天，你親親熱熱的，[illegible]我[illegible]在你身旁躺着……但今天，你卻沒精打采，冷冷淡淡。

瑪麗絲　你才古怪呢。你追求我追了兩星期，但什麼名堂也沒有。你靠近我身旁，你要和我親嘴，可什麼話都不說。

菲　你要我說什麼呀？說話有什麼用？我並不覺得說話有什麼好處。（一）

《幸福婚姻讲座》大公报连载第1期

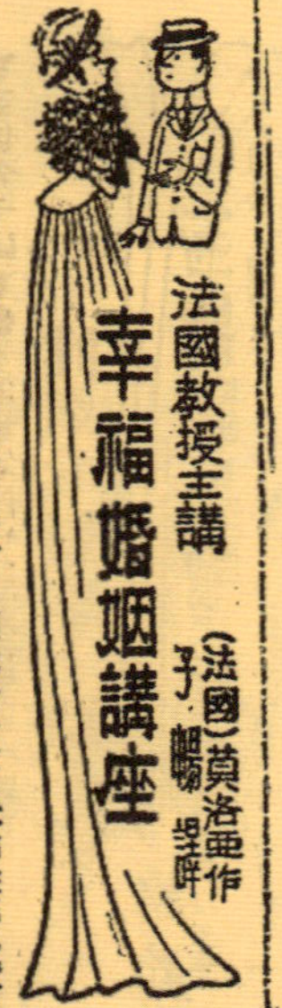

幸福婚姻講座

法國教授主講

（法國）莫洛亞作 子暢譯

教授

婚姻所以比其他的關係好，因爲它使丈夫和妻子都有時間來互相適應。如果男女之間惟一的聯繫只是性慾，那麼只要爭吵一次，一切就都完了。他們就會分手，去和別人發生關係，但新的關係也不見得會維持得比較久一些。在一個幸福的婚姻之中，在愛情之上會逐漸逐漸的產生友誼，這更爲强固，因爲那是從心靈和肉體兩方面生長出來的。拉．華先－福高爾（La Roche-Foucauld）曾寫道，「有良好的婚姻，但少有愉快的婚姻。」（Il y a de bons mariages, mais il n'y en a point de delicieux）我希望我已向你們表示，你們這一代能夠得到愉快的婚姻，而且應該得到。根據莎士比亞、莫里哀，或者博馬舍，愛情開始的時候總是一個愉快的求愛的場面，但婚禮一結束，接着而來的就是不和和痛苦。溫柔體貼的丈夫變成一個放蕩無行的浪子，或者是妒忌的老不死，新娘不是向人賣弄風情，就是兇狠潑辣。在這個講座中，我們曾設法替我們這對夫妻尋求一種可以終身維持下去的關係。我們現代的朱麗葉是羅米歐的同事和朋友，他們的談話當然沒有那麼富有詩意。但這種平凡的愛情自有它本色之美。就像兩位音樂家極度和諧地合奏直到曲子奏完一樣，一個幸福的婚姻也是這樣令雙方心滿意足的直到老年。你是不是要得到這樣一種婚姻呢？這要由你來決定，完全由你決定。在你們離開之前，我要贈給你們亞蘭（Alain）所說的幾句話，那是關於對婚姻的誠意的：「不管你是自願結婚的，還是被人勸誘而結婚的，事實總是這樣，現在你不得不和一個人在極度親密的狀態下共同生活，這個人其實你並不是眞正了解的，因爲戀愛的初步階段不會告訴你什麼東西。你必須勇往直前，解決一切可能發生的問題，而不能等待……所有一切有價値的東西都是困難的。和某一個人快樂地在一起生活是一件艱鉅的任務，需要雙方都具有誠意。 即使在二十年之後，你仍舊必須需要愛，需要被愛。」

在婚姻中，就像人類所有的事情一樣，最重要的是幸福。在每一課中我們都看到菲立普和瑪麗絲面臨婚姻的歧路。每一次他們都有兩條路可資選擇，他們的婚姻是成功還是失敗就在乎他們作什麼決定。各位小姐，各位先生，你們自已不久也會面臨這種決定。一定要選擇忠誠，因爲這是得到幸福的最確實的途徑。

（鋼琴彈奏婚禮進行曲。）（全文完）

《幸福婚姻讲座》大公报连载第 74 期

编者语

揭示人性深层的困惑和抉择

李以建

从1946年秋金庸初次踏入报界，谋求第一份职业，担任杭州《东南日报》的国际电讯翻译编译；紧接着第二年以优异的中英文笔试和口试成绩被《大公报》录用为电讯翻译；直到2010年以英文撰写论文《唐代盛世继承皇位制度》获得英国剑桥大学哲学博士学位，金庸的一生都与英文结下不解之缘。毫无疑问，中文是金庸的母语；英文则可谓他的第二母语。金庸的英文水准，丝毫不亚于他的中文，不仅能读、能说，还能写，且略通古英文。无论中文、英文，抑或是中译英、英译中，金庸都是口才笔力便给，他的译作堪称通达无碍。他毕生阅读大量的英文书籍，其翻译作品之多，涉及领域之广，很多专家学者都难以企及。

金庸早期因职业的需要，翻译供报纸发表的即时性新闻报道和国际问题评论，间中还以笔名“乐宜”翻译新闻纪实性长篇报道：如美国名记者贝尔登（Jack Belden）撰写的《中国震撼世界》(*China Shakes the World*)，英国记者R. 汤姆逊（Reginald Thompson）的《朝鲜血战内幕》(*Cry Korea*)，以及美国记者哈罗德·马丁（Harold Martin）的《朝鲜美军被俘记》，均作为连载发表在《新晚报》的"下午茶座"版。前二者于1952年结集成书出版。金庸为《大公报》撰写"影话"和"影谈"时期，又以笔名"子畅"翻译了美国左派剧作家J. H. 劳逊（John Howard Lawson）的《美国电影分析》(*Theory and Technique of Playwriting and Screenwriting*)；以笔名"林欢"翻译国外文章，刊载于《大公报》。如《荷里活的男主角（上、中、下）》，J. H. 劳逊的《论〈码头风云〉(上、中、下)》，以及苏联舞蹈家乌兰诺娃（Galina Ulanova）的《我怎样学舞》，等等。除此之外，更多短小的翻译则散见于诸多报刊。

至为重要的是，金庸并不为翻译而翻译，他通过诸多的翻译，不断汲取西方文化丰富的营养，将其与深邃博大的东方文化共冶一炉，为自己的小说创作提供了圆融鲜活的泉源。金庸对法国文化情有独钟，尤其是法国文学更是直接影响到他的小说创作。他曾回忆到，"年轻时代最爱读的三部书是《水浒传》《三国演义》以及法国大仲马的《三个火枪手》及其续集（这部书是伍光建先生翻译的，译名是《侠隐记》《续侠隐记》)，还有法国小说《十五小豪杰》等。”“《侠隐记》一书对我一生影响极大，我之写武侠小说，可说是受了此书的启发。”

法国政府为表彰金庸的贡献，于1992年5月授予其“法国荣誉军团骑士”勋衔(Chevalier de la Légion d’Honneur)，又于2004年10月授予其“法国艺术文学高级骑士”勋章(Commandeur de l’Ordre des Arts et des Lettres)。金庸曾谈到，“法国政府授我骑士团荣誉勋章时，法国驻香港总领事Gilles Chouraqui先生在赞词中称誉我是‘中国的大仲马’。我感到十分欣喜，虽然是殊不敢当，但我所写的小说，的确是追随于大仲马的风格。在所有中外作家中，我最喜欢的的确是大仲马，而且是从十二三岁时开始喜欢，直到如今，从不变心。”(以上引述参见金庸、池田大作《探求一个灿烂的世纪》，明河社1998年版)

显然，金庸早期是通过中译本和英译本接触到法国文学。金庸曾努力学习法文，他当年学习法文所做的单词卡片尚在。他能阅读法文原著，也能用法文对话、书写信札，但在严格意义上的法中翻译，他为追求信达雅，仍是以英译本为准。这也说明他对语言和文化的严谨认真和一丝不苟。

本书收录的金庸译文，是以“子畅”笔名翻译的法国著名文学家莫洛亚（André Maurois）的《幸福婚姻讲座》（*The Art of Being Happily Married*），曾于1954年10月25日—1955年1月10日在《大公报》上连载，共七十四则。莫洛亚曾当选法兰西学院院士，以擅长撰写长篇小说和传记闻名于世，为后人称誉。乍看题目《幸福婚姻讲座》，会误以为这无非是心灵鸡汤式的讲座，纯粹是吸引年轻人眼球的通俗读物，其实不然。金庸慧眼择其作为报纸连载，花时间和精力翻译，自有其深意。仔细阅读后，你会发现，日后金庸创作的小说从这部译作中获益良多。

《幸福婚姻讲座》的显著特点有二：一是富有人生哲理的思辨，一是传达文学创作技法的精髓。讲座分为12课，从最初的求婚、结合、蜜月旅行，到出现冲突，乃至酿就不幸，直至最后的银婚纪念，选择了婚姻从雏形青涩到圆满成熟的整个过程。作者化身教授，在讲座上逐一拈出，假设问题，构造情节，用虚构的事实来验证，提出解决的方法和途径。莫洛亚采用的叙述模式是讲故事演人生，每一次讲座仿如将人生现实的境遇变换为一出出几近于真实的独幕剧，还伴有幕起幕落的背景音乐，让所有读者如亲临观剧，看到婚姻演播的一幕幕。其实这都是在讲座教授的编排和导演下，对婚姻的诸多写照。由男主角菲立普和女主角玛丽丝的互动，演绎出现实婚姻经历的种种场景和境遇。饶有意思的是，除了这些独幕剧外，即便是讲座本身和课后教授与学生的讨论及互动，都展示出那也是表演的一部分，从而将整个讲座变为一场人生如戏、戏如人生的阐释，而每个人都要在这戏中扮演自己性格所决定的角色。

莫洛亚不愧是文学大师。他妙笔生花，笔下的人物栩栩如生。极具性格特点的对话、含情脉脉的试探、性感的挑逗、恼羞成怒的斥责、知错悔恨的懊恼、自我谴责的愧疚、莫名的妒嫉、隐藏心底的计谋，等等，一切都灵动活现、跃然纸上。构思的场景既真实又典型，富有戏剧和小说的艺术张力，比如求婚时两种不同的试探和进击；度蜜月时，因怀疑丢失婚戒引起的第一次纠纷，相比两人无视周围噪音的爱意缠绵，凸显蜜月和苦月之别。

男女主角身份不变，性格不断变换，面对同一场合，不同性格导致不同的心态、语言、性情，乃至不同的处理方式，最终造成迥然不同的后果。是悲剧还是喜剧，这一切都由人物的性格所定，也就是说，你的性格决定了你的选择和行动，决定了你的言谈举止，也注定了你的结局。婚姻如此，人生如此，戏剧如此，文学创作更是如此。莫洛亚从人生哲理思辨的高度，用心理分析和文学表达道出个中三昧。

《幸福婚姻讲座》表面上只是一堂堂的讲座，具体剖析人类婚姻呈现的种种现象；实际上则是鞭辟入里的心理深层次分析，探究人性因受到不断变化的外界环境影响，所面临的困惑和作出的抉择。尤为难得的是，它又是一篇篇精彩纷呈的文学作品，它的讲故事技巧不亚于世界文学名著，从艺术手法看，堪称一部文学创作技巧的综合教科书。其自身展示的叙述模式和表达技巧，人物刻画的变化灵活，都足以成为文学创作实践的楷模。它告诉你，性格的形成是源于人性，人的性格千姿百态即源于人性的千变万化。面对千变万化的人生，你要从表现人性出发，牢牢地把握每一个人物特定的性格，去描摹出他和她的人生际遇，才能演绎出许许多多的精彩故事。而这些形形色色的故事反过来又将人性揭示无遗。

如果说，莫洛亚的《幸福婚姻讲座》是透过人类婚姻现象，去挖掘人性深处的困惑和抉择；那么金庸创作的武侠小说则是以虚构的武侠江湖，淋漓尽致地揭示人性的复杂和永恒。二者貌异神同，笔锋都有力地探及人性的深处，这恰恰是文学创作的终极真理。

金庸自始至终认为，小说是写人；武侠小说也是写人。他在《金庸作品集》新序的开篇写道“小说是写给人看的。小说的内容是人”，因此“武侠小说与别的小说一样，也是写人”。金庸在《笑傲江湖》后记中说：“我写武侠小说是想写人性，就像大多数小说一样。”他认为“小说是艺术的一种，艺术的基本内容是人的感情和生命，主要形式是美，广义的、美学上的美”，而“我写武侠小说，只是塑造一些人物，描写他们在特定的武侠环境（中国古代的、没有法治的、以武力来解决争端的不合理社会）中的遭遇。当时的社会和现代社会已大不相同，人的性格和感情却没有多大的变化。古代人的悲欢离合、喜怒哀乐，仍能在现代读者的心灵中引起相应的情绪”（《金庸作品集》新序）。他在《神雕侠侣》后记同样表明：“道德规范、行为准则、风俗习惯等等社会的行为模式，经常随着时代而改变，然而人的性格和感情，变动却十分缓慢。三千年前《诗经》中的欢悦、哀伤、怀念、悲苦，与今日人们的感情仍无重大分别。”

毋庸置疑，金庸是讲故事的高手，他就是通过人物的刻画和故事的编排来揭示人性的。金庸认为“讲故事，是任何文学的老祖宗”。他以日本小说、中国明代小说、《圣经》《天方夜谭》等为例来阐述，并指出《天方夜谭》的苏丹王妃“是我们报刊上写连载小说人的祖先”（《雪山飞狐》后记）。他在为《明报周刊》撰写的《一千个星期》

中风趣地重提："木匠的祖师是鲁班，医生的祖师是神农氏。我们在香港写连载小说的人，奉这位《天方夜谭》的女主角希哈拉查德小姐为祖师，因为她的故事连续不断，每一节收束处的钩子具有巨大吸引力，叫人非跟下去不可。"这种具有巨大吸引力的"钩子"，读者们肯定可以从《幸福婚姻讲座》中寻觅到。

承蒙查林乐怡女士的同意和明河社的授权，本书得以编选付梓，谨此致以最衷心的感谢。同时，承蒙明河社吴玉芬小姐的支持，广州市朗声图书有限公司欧阳群董事长的策划，责任编辑何娴、田宇星，以及责任校对林春光、颜云雁的认真和负责，在此一并致谢！

目录

前言

不久之前，我跟一位电台制作人提到，某些美国大学中有所谓的“婚姻关系教授”。这些教授会指导学生如何去经营幸福的婚姻，他们更会请学生在一些适合的场景中扮演角色，以作为课堂的例子。这个概念提起了朋友的兴趣。他遂建议我以一对夫妇的日常生活为主题，撰写一出电台广播剧，提示一段婚姻中该做与不该做的事，但要避免不要太过学术性或流于说教式。我同意一试。虽然我们希望这出广播剧能提供一些有用的建议，但其实我俩对它并不十分认真。不过，电台广播剧的成功令我们大吃一惊。我从来没有任何一本著作比之这出即兴创作的广播剧收到那么多的来信。这出广播剧已经被十个国家翻译并在其电台播放。欧洲和美洲的报章杂志也希望刊登广播剧剧本。

最后，我的另一个朋友提议我把广播剧出版成书，我可以在其中增加一些场景以扩充内容。我初时感到犹豫：把这些即兴对话提供给一般读者是否适当？最后我被说服了。虽然电影及电台广播都属于新式的艺术表现形式，各有其局限性，但它们却拥有能接触大众的魔力。任何作家都不能忽略这个事实。一个作家如果懂得怎样适应这些新媒体，便会找到一群他不能从其他渠道接触得到的受众。我们身为作家，应该勇于尝试新事物。我渴望读者和评论家都能享受阅读这个（其实乃是实验的）剧作。

莫洛亚

第一课　求婚和胜利

法国一所大学里的一间小讲堂。学生们一路闲谈低语着进来。打钟了，教授请大家安静。

教授　各位女士、各位先生，这似乎很奇怪，一位大学教授竟会开课讲授婚姻问题，对于这个问题，生活与经验会讲得比任何大师更好。那不错。但是生活要在你经过许多试验、犯了许多过失之后才慢慢地教会你。为什么不避免这许多痛苦？为什么不从别人的经验中得到好处呢？我要稍稍说明一下，我这讲座中将包括一些戏剧化的演出，在这里——你们的面前表演，用来说明在婚姻生活中应该怎样，不应该怎样。喜剧一向是人类的伟大导师。通过一些短短的喜剧，我希望能够向你们指出某些错误的、愚蠢的态度，使得你们不致去犯同样的毛病。

我们在第一课里要研究婚姻的先决问题，那就是求婚和追求成功。表面上看来，好像是男人追求到了女人；事实上，这是女人出于爱情或者友谊，使婚姻成功。我知道，一向的习惯总是女人等男人来求婚，但这等待决不是消极的。“女人等男人。不错，但那就像蜘蛛等苍蝇。”

各位小姐，这并不是不好。一个女人如认为一个男人可以使他们两人都能得到真正的幸福，那么设法引他和她结婚完全是对的。她有时不得不采取一点旁敲侧击的办法，因为男人不大肯放弃他自由自在的独身生活，他不久就会对这位小姐的态度发生疑心，因而采取防御。对付男人这种态度的关键是在他的自负。男人总自以为了不起，而且相当虚荣。在《马萨克的亚波隆》(*L'Apollon de Marsac*）那本书中，季洛杜（Jean Giraudoux）指出，一个男人不论多么难看，如果一个女人说他漂亮，他总会相信。今天，我们表示给你们看，从友谊通到婚姻的最短道路，在于女人对男人职业的关心和敬仰。

这是我们的两个角色：玛丽丝，二十岁，正在她青春的最好时期；菲立普，一位年轻的工程师，二十七岁。在第一场中，他们正在海边度假，一起躺在沙滩上。

★ ★ ★

钢琴轻轻弹奏德布西的《大海》。

菲立普（下称“菲”） 你真有点儿古怪，玛丽丝。昨天，你亲亲热热的，让我靠在你身旁躺着……但今天，你却没精打采，冷冷淡淡的。

玛丽丝（下称“玛”） 你才古怪呢。你追求我追了两星期，但什么名堂也没有。你靠在我身旁，你要和我亲嘴，可什么话都不说。

菲 你要我说什么呀？说话有什么用？我并不觉得说话有什么好处。

玛 那么，我们的想法就不同了，菲立普。我要你说话。我要你说什么呢？嗯，至少，你要告诉我你爱我……你表示了爱情的动作，但“爱”这个字，你却从来不提。那为什么？

菲 因为这个字我结结巴巴的说不出来，我好像不会说这个字，因为它是什么意思，我有点不明白……爱？……爱！到底是什么意思？我觉得你很漂亮，你的身材很好看。“底盘”的线条十分精彩。在这海滩上所见的女人中，你是我所喜欢看的一个，和你在一起使我非常非常高兴。就是这样。我是一个科学工作者。我很坦白地描写了这现象……这是不是“爱”呢？

玛 你真古怪！不，这不是爱。这或许是通往爱情的一步，但你只谈我的身体……甚至把我的身体叫做一个“底盘”！我知道你是一位工程师，但我仍旧希望你不要认为我是一个设计得很好的机器。我还有情感和思想……

这些东西，我很希望你多想到些。再说，我并不愿意你只不过为了偶然的凑巧而来吻我，因为这是一个美丽的晚上，星星很明亮；因为这是一个夏天的晚上，天很热，而你是二十五岁。

菲 （精确地）二十七岁。那么，你为什么要我吻你？

玛 因为我说了一些你爱听的话，因为我们的感觉相同，因为我们一起欣赏了一处风景、一首诗、一阕曲子。你知道，当你说到某些事情的时候，我就觉得我想吻你……

菲 （突然感到很大的兴趣）我说到什么事情？

玛 嗯，当你热心地谈到你的工作和计划的时候。那天我爸爸在抱怨法国的贫穷，你就说了一番话，谈到法国的富庶，我听得很高兴……你把整个计划解释明白，描述那些巨大的水闸；你所说有关非洲和大片原始树林的一切……真是了不起。当然你说的我并不全懂，但我佩服你的了不得，这就够了。

菲 （激动得很厉害）啊！那么你是喜欢我那个关于天然烃的计划了？当真？我一点也想不到，你听的时候一声不响。我心里想：“我知道她一定感到很厌烦。她总以为我是那种说话啰啰苏苏的人。”哪里知道恰恰相反，我的话你都记得？我很惊奇……很高兴。

玛　亲爱的菲立普！我喜欢别人说得明明白白的。你懂得这么多，谈起来又是这么又简单又清楚，你的了不起就在这种地方。爸爸或者哥哥谈到科学或政治的时候，我听不了几句话就腻了。你谈的时候，我却觉得自己聪明起来了，好像你把我拉高了。这就像我们在一起游泳。我一个人的时候，我很怕那些打过来的大浪。但只要你把我肩头一托，帮我浮起来，我就一点也不怕了，我甚至有一种很奇怪的高兴感觉，因为我知道我是和你在一起。

菲　（鲁钝地）不要太信赖我……看到你的身体和我靠得这么近，我就糊里糊涂了，今天上午我们一起游泳的时候，我几乎要晕过去啦。

玛　（似乎大为感动）啊，菲立普！亲爱的菲立普！你现在总算知道了，只要你想说什么就说什么，你会说得多动人……就为了这个，你吻我好了。等一下，我把我这顶遮阳帽放在这里，我爸爸妈妈就看不到了……（长长的吻）当心……他们会看到我们的……你离开一点点。现在你把关于你的事讲给我听，我最感兴趣的，就是这个。

菲　（非常几何学地）我怎样开始？哪一个角度呢？

玛　每一个角度。假使一个人喜欢了一个男人，那是很自然的……不，我不是想称赞你，那你不会喜欢的。但菲立普，我想知道你的一切：你的童年时代、学校里的同学、工作、理想、抱负、所喜欢的东西……过了这个假期之后你要做什么？你握着我的手，放在沙底下，你把什么都讲给我听。

菲 嗯，我现在已得到了文凭，受训已经完毕了，以后我要去给银行做工业研究的工作……这会很有趣，因为这有机会旅行，有机会去了解别个行业的情况。例如，一年之后，他们想派我到美国去研究电极的问题。

玛 真有趣，菲立普！到美国去，运气真不错！我从美国电影中知道了这个国家的许多东西，假使我到了纽约，我想一切我会很熟悉的。我真想看看那些出售药物、冰淇淋苏打和三文治的药店，那些像维梅尔（Johannes Vermeer）绘画的摩天大厦，那些戴着玳瑁眼镜的黑人搬运工人，那些由穿上白色工作服的大力士操控的、带有瑞士牛铃的有趣机器！还有哈林区……和查尔斯顿舞……这一切一定教人兴奋得很。

菲 （热切地）和我一起去吧，玛丽丝。

玛 和一个不是我丈夫的男人一起去，我家里一定不肯答应的。

长长的沉默。

★ ★ ★

教授 可惜得很！他没有上钩！……但你们就会看到，她是不折不挠的。她试用一种新的方法来进攻。

★ ★ ★

玛 到美国之后你还会到另外的地方去吗？

菲 嗯，我要到南美洲各地去：委内瑞拉、哥伦比亚、秘鲁、智利、阿根廷、巴西，等等。

玛 啊，我真羡慕你！你会看到那些可爱的秘鲁市镇、巴伊亚（Bahia）那些古老的葡萄牙房子。你会和漂亮得不得了的女人们跳伦巴，这些女人整天坐着给人算命……

菲 我主要是去看矿场而不是看名胜古迹，我遇到的技术人员当然会比漂亮女人多。然而我还是很高兴的。我想在那边有很多事情可以做，不单是为我自己，还为了整个法国。我们在那边很受欢迎。我们要把我们的方法和经验介绍过去，南美各国赚法郎比赚美元要容易得多……我正在设法使我们的公司得到一张合同，去建造瓜亚基尔（Guayaquil）的新港口，不过你不要告诉别人，这件事现在要守秘密。

玛 （*热心地*）多么了不起，菲立普！我真爱听你谈到这种地方。那些国家你没有去过，你怎么会知道得这样清楚？

菲 （*轻轻地说，有点谦虚，有点自负*）这倒不知道……我一向喜欢地理。数学和地理是我最好的两门功课。我毕业文凭上注明成绩优良，就是这个缘故。我不是吹牛，不过这是很难得的。

玛 我从来没听见过！一点儿不错……我对爸爸说你是个了不起的人，我完全没说错。

菲 你真的这样说？多奇怪……昨天我写信给妈妈也这样说。我告诉她，我一生中第一次遇到一个女人，她不但美丽，而且极有见识。你知道，一般女孩子并不很喜欢我，大概她们觉得我太严肃了。

玛 这正是你的好处，菲立普……我自己也很严肃，但我并不在乎。我在学校里的时候，我的两个同学蓓达和嘉丽娜常说："不要为理想主义、物质主义和其他无关痛痒的事烦忧，它们毫不重要，一个女人只需漂亮，男人所要的就是这个……"那也许不错，但我要依照我的愿望计划我自己的生活，并不单单是为了讨男人的欢喜。

菲 （*她靠得这么近，以至她的金发碰到了他的脸，他更加激动了*）你毕业考试考过了吗？

玛 考完了，不过我还在用功。我想继续升学。

菲 （*坦白地*）啊，不要再读书了！

玛 为什么，不？……我爸爸妈妈已经答应了的。

菲 （坚定地）不要再升学了，你不要再去考试。

玛 你疯了，菲立普！……为什么不？

菲 因为你要结婚了。

玛 我？我从来没有想到过……跟谁结婚呢？

菲 （神气十足）跟我。

★ ★ ★

教授 你们要注意她怎样在第二次进攻中抓到了她的男人。因此，各位小姐，结论是很显明的。如果你们的目标是结婚，那么在男人谈到他们自己或他们的工作的时候，你们必须耐心地听。不管这是爱情还是手段，在生活中，肯耐烦的人总会得到成功……而且不止如此，那些不厌其烦的人还得表示是快活得不得了。当然，我并不是叫你们去对一个不喜欢的男人表示如此的耐心，只有对那个你们心里真正想要得到的男人，才用这种耐心去赢得他。以后我还要告诉你们，在得到了一个丈夫之后，你们可以怎样的改造他，使他分享你特殊的喜恶。我这种办法可以适用于各种不同的情况，那是不必多说的。譬如说，你的对象不是工程师而是一位搞政治活动的人，你就可以说："市政局选举的时候，你竟得了十七票，真有这么多？啊，多了不起！"如果你的意中人是一个务农的人，你要对混种小麦和联合收割机表示热烈的兴趣。如果他是一位面包师，你要不胜仰慕地说："没有人知道这种工作多么辛苦。我是知道的……我到面包房里去过！"你会使他很高兴……（打钟）现在我们要下课了。下一课我们要谈蜜月的问题。

学生们低语着出去，一切都安静了。课堂中只留下一位少女。她走到教授旁边，他正在整理讲义。

少女 （羞涩地）对不起，先生……

教授 （客气地）嗯，小姐。

少女 我想问你一个问题……不知道你还记得我么？……去年你在假期里开课的时候我曾来听过课……我是马莉劳儿·霍尔曼。

教授 我记得很清楚，小姐。你的脸别人见过之后是不会忘记的。

马莉劳儿（下称"马"） 你知道我为什么到这所大学来？因为我要听你讲课。我爸爸妈妈本来想送我到格勒诺布尔（Grenoble）大学去，但后来我听说你在这里教书，我就决意要来听你的课。他们终于依了我的意思。

教授 我很是感激，小姐。你对我的讲课感到兴趣？

马 当然啊，你的话把我整个人迷住啦！你说得这样有趣，这样清楚，这样深刻，我完全听得着迷了，我所有的同学也都这样。我想问你一个问题，可以么？

教授 我在这里准备回答你，小姐。

马 那不错，不过这问题稍稍有点儿特别……这是私人性质的。关于女人和婚姻，你怎么懂得这么多？我想你已经结了婚吧？

教授 （微微尴尬）我……我曾经结过婚，小姐。

马 啊！对不起……你太太过世啦。

教授 那倒不是……老实告诉你吧，我太太离开了我。后来我们就正式离了婚。

马 她真的离开了你？一定不会的。哪一个女人嫁给像你这样的人，运气真是好得不得了，她怎么会离开你？我实在不懂！难道她疯了吗？

教授 我也是这样想……但不管怎样……和一个脾气古怪、难以相处的人结过婚……或许增加了我分析事物和了解别人心理的能力。

马 那是一定的。请告诉我。这些表演的戏剧场面是你自己写的么？

教授 当然啦，小姐……我创造出来，写下来，有时候甚至我自己来表演。

马 真是了不起……你真是一个天才！

教授 说到天才，那是太过份一点了，小姐……还不如说我有一点儿才能和创造力……

马 不！这是天才！……你是一个真正的天才。事实上，你的工作比莎士比亚要困难得多。他至少可以用情节、喜剧，或者历史上的重大事件，来引起观众的兴趣。但你没有这种方便。你只能用两个角色来表演一些场面，一直到结局，而他们所表演的内容，是你早已讲得详详细细了的。然而，你知道我们在上你的课的时候是多么着迷啊……

教授 当真？我怕或许……

马 你不知道。我们全给你迷上啦……你这样动人的声音……虽然，我知道我不应该这么说。刚才我一个同学说："假使能嫁给他，可不知道多有福气！但他当然早已结婚了……"现在我才知道你并没有结婚……

教授 我不再……坦白地说，我也并不反对再结婚。我常常想到这件事……你那位同学是谁？她好像很聪明。

马 她是谁？……我话太多啦，觉得很尴尬……嗯，其实，并没有这样一个同学。那就是我自己，在听你讲课的时候发生了这样一个念头。

教授 真怪……巧得很，我也觉得你非常动人。假使你的意思真的是这样……

马 （突然大笑）好啦！不能再谈下去了！我只不过是依照你的指示来表演一番罢了，你居然完全投降啦！

教授 （有点狼狈，但庄严地）这证明我的方法是多么有效。

温柔而嘲弄性的音乐。

第二课　蜜月旅行的开始

教授　各位女士，各位先生，我们的男主角和女主角现在已经订了婚。订婚时期是过得很轻松愉快的，每对夫妻开始时总是这样。他们可以互相发现，互相需要，而还不必面对人生的各种问题。这些问题只有在婚礼之后才会发生。到那时候，两个互相并不多大了解的人，突然发觉是合为一体了。他们“以为”早已互相了解，其实，他们在求爱的时候有许多东西是隐瞒起来的。婚姻生活会把他们的本来面目显露出来，那竟是两个大不相同的人。我们慢慢一桩一桩地来说……首先，我要你们看到他们在火车里，出发去度蜜月。第一场：错误的行动。

★　　★　　★

里昂车站。火车快要开行。菲立普已坐在车中。他从窗口伸出头去叫还站在月台上的玛丽丝。

菲　（焦急地）进来呀，玛丽丝！快点！你在月台上等什么呀？火车三分钟后就要开啦。

玛 不要担心。我会听哨子声的。我在找嘉丽娜。她答应来送我的。

菲 你说什么？你难道叫你的朋友来？……你叫我答应，不告诉我的朋友我们乘哪一班车！

玛 那不同啊。嘉丽娜和我，我们就像是一个人一样……我们什么东西都一起用的。她不只是我最亲密的朋友，她是我的知己。可怜的嘉丽娜！我结婚使她大受打击。啊，亲爱的，我找不到她……她或许叫不到的士。

火车乘务员 请当心车门！上来，小姐，请坐下！

玛丽丝叹了一口气，进来。熟悉的送别音乐愈来愈响。机车声、放气声、关门声……火车轮子有节奏的转动声，钢琴随着拍子弹奏。

菲 （倦累，叹气）嗯，好啦。我们终于出发了……离开了家人、朋友、所有的人。老天，真累……我饿得要命，活受罪！……和这许多都不认识的人黏糊糊的手，握个不停……这么多的人，老来不完。我很爱你，玛丽丝，但你爸爸妈妈可真滑稽。他们把乡下的表叔表兄一股脑儿的邀来，可不知见了什么鬼？有一个老头儿非常伤感地对我说："使她幸福，我的年轻朋友，使她幸福……"他是谁呀？

玛 （很冷淡，不高兴）这是我从塞浦路斯来的姑丈，他是茜丽娜姑母的丈夫。你干么不喜欢他呀？他很了不起。他是加拉加斯大学的法律教授。你以为你的亲戚就比我的有趣？那个生胡子的矮子——只到我肩膀那么高——用力地吻我……这个人怎样？你的叔祖父，那位将军，老是凶巴巴的说：“这孩子需要纪律，他一点礼貌也不懂。得好好整他一整！”

菲 （也不高兴起来）每一家都不是十全十美的。那位将军至少得过勋章。他输掉三场大战……他送了我们一件很有用的礼物。但你姑母送给你的项链……

玛 那个项链有什么不好？

菲 什么都不好。这过份花俏、老式，难看得很。

玛 我完全不同意。这是一件古董，但并不是老式，那根本是两回事。可怜的茜丽娜姑母并不富裕。她送这个项链给我，因为这是她家里的一件纪念品，我们大家都非常宝贵它。那是摩尼公爵送给我曾祖母的，她做过公爵的情人。

菲 （假装不胜钦慕的吹起口哨来）真是了不起！你家里有过这样光荣的历史，我和这样一家人结亲，实在不胜荣幸。（又叹了一口气）这且不去说它，其实今天倒也不是完全无聊。你的朋友桑黛儿很动人。

玛　桑黛儿？……你会这样说，那真怪！她平常是很漂亮，但今天穿了这条短裙子，帽子又这样大……

菲　那顶黑帽子和她的淡头发很配，短裙子可以露出她美丽的腿。

玛　你和我结婚，难道就为了谈桑黛儿的腿，谈她头发的颜色？倘使你认为她这样好，你应该选中她。其实现在还来得及。

菲　不要讲这种废话，玛丽丝。我累得不得了，根本没有力气来和你辩论。

玛　你早说过了……你人不舒服，肚子又饿。你以为我有什么感觉？

菲　我想和我一式一样。来吧，玛丽丝。我们不要把我们蜜月的第一个钟头花在争吵上面……来吧，坐在我旁边。

玛　这个时候我并不想坐在你旁边。你不要以为今天举行了这个小小的仪式，你就有权利叫我做这样那样。

菲　（坚定地，几乎有点野蛮）根据婚姻法，我就正有这种权利。

玛　你瞧你多俗气！将军说得没错。你一点礼貌也不懂！我以为，婚姻中重要的是“爱情”而不是“权利”。

菲　（疲倦不堪，不想再争）没错没错……（叹气）不管怎样，现在总是生米煮成熟饭了……

玛 这话什么意思？

菲 我说我们终于结了婚……有人问萧伯纳，星期五结婚是不是会运气不好，你知道萧伯纳怎样答覆么？

玛 不知道……我也不想知道。

菲 他答道：“没错，运气当然不好。为什么希望星期五是例外？”说得很好，是么？

玛 我觉得这根本没有什么滑稽，而且我们并不是在星期五结婚的……那是星期一。

菲 可怜的东西！你有一点幽默感么？

玛 （大哭起来）老天！我孤零零的在火车里，离开家远远的，和一个陌生人在一起，为什么啊？

哭泣声。

★　　★　　★

教授 她倒在离开她丈夫最远的角落里的一个座位上。不正确的态度已经给你们看过了……现在要给你们看的是正确的方式……同一天，同一个车厢，同样的人。

★　　★　　★

菲 嗯，我们完成了！我们以后要终身在一起……我真快乐，玛丽丝。

玛 我也是的……我相信我们会永远快乐。

菲　把你的手给我，亲爱的。女人的手多小多软！现在，我不论什么时候喜欢握着你的手，就可以握着，想到这一点真是开心。或者说：她什么时候喜欢，就把手让我握着。

玛　啊！我永远会喜欢你握着我的手。

菲　永远？谁知道呢？当心些，我的爱人。我们不可以招惹魔鬼。

玛　你相信有魔鬼么？

菲　当然。他在外边走廊上瞧着我们，你看不见么？魔鬼最喜欢互相爱着的人。他特别会去引诱他们做出不幸的事来。

玛　在我身上，他只有浪费时间。我会忠诚得叫你讨饶！

菲　亲爱的，在这张小嘴再作出许多漫不经心的保证之前，我先要吻吻它。不要担心……魔鬼现在正在看电报，在翻译那看不见的密码。（两人拥吻）从现在起，我们要永远的亲吻，就像你所说的，这真好……但我希望你了解。我不只是要你在法律上对我忠诚，或者说为了尽义务而对我忠诚。我要保持你的情爱，要你属于我，这要出于你自己的意愿，也要出于我的意愿……要永远这样。

玛　亲爱的菲立普，我的要求还要苛刻呢……我意思说，对我自己会要求得更苛刻。我这一生都是属于你的……我已经选定了。在以后的日子中，我不是去找哪一个讨我喜欢的男人，而是去讨那个我选定了的男人的喜欢……你懂么？

菲 亲爱的，如果你老是说这种可爱的话，我会永不停止地吻你……你不信就试试看。

玛 我一点也不怕。根本不怕！我喜欢长长的接吻……那种好莱坞式的闭上眼的接吻。

菲 为什么要“闭上眼”？

玛 那就滋味更好……（接吻）啊！好得不得了！

菲 你等着吧。还会更好的……我们来发明，亲爱的。我们要有我们自己特别的方式……今天的婚礼真可爱，是么？你爸爸妈妈真好，这样年轻……他们就像是我的朋友，不像是亲戚。你爸爸同我一样，也是工程师，真好！你那亲爱的姑母送那个项链给你的时候，她人都发抖了，我真喜欢她……

玛 我觉得这项链很老式。

菲 然而很教人感动……这使人觉得，为了你这个家族中的美人，她放弃了她全世界最宝贵的东西，她轻轻说了一些话，讲到她和这个项链之间的秘密关系……这听上去很神秘，感情很丰富。事实上我觉得今天唯一难看的是你的老朋友桑黛儿……她帽子上插了这样大的一根黑羽毛，这样考究的一套衣服，一个年轻小姐穿了是不配的……可惜得很，平常她看上去总是很漂亮。但今天不成。

玛 （高兴）很难看，是么？可怜的桑黛儿！……她是个可爱的小东西，但她一点也不会穿衣服！

菲 她的品味很差……你穿了结婚礼服，真像是仙子一样。我从来没有见你像这样好看过……只是现在或许更好看些。我喜欢你那套礼服和那顶可笑的小呢帽。

玛 啊！我真开心。你一直没有提到这顶帽子，我很难过，很怕你不喜欢它。我挑选这身打扮真费了不少事呢……你觉得裙子是不是短了一点？

菲 并不短，我一向认为女人穿衣服应该依照时行的样子……这是一种社会性的义务。

玛 你多可爱，菲立普！你甚至比我想像中的更好。

菲 那么来吧——我要把你抱在怀里。

玛 亲爱的……我要招认一件事。过去这五分钟里，我一直想要你抱我。

菲 不要为了失望而死

我的美人。

来吧，把你的美貌

放在我的怀抱之中。

玛 我一直不知道你竟是一个诗人，菲立普。

菲 啊，将来你就知道了。在有些特别的情况下，我甚至把诗句配上音乐……我家里的人觉得恼人得不得了。来吧，亲爱的，把你的嘴放在我的嘴边……

我们跨上两匹小马

我们奔驰，让我们做梦。

鸟儿将会歌唱，我抱着你

但由你引路。

玛 这首诗多可爱……真的是你写的么？

菲 当然啦，我的甜心。只是为了谨慎起见，我用了维克多·雨果的笔名。

玛 原来你在作弄我，我的抒情诗人……你要知道，我没有读过什么雨果的诗；我最熟的是现代的诗人……艾吕雅（Paul Eluard）和普维（Jacques Prévert）的诗我是会背的。再吻我，把我“放在你的怀抱之中”。

★ ★ ★

教授 寂静无声……他们关上了灯。月光从窗子中流泻进来，火车轮子的节奏唱着催眠曲。

打钟。退课的音乐。学生们嬉笑着离开。

第三课　蜜月或苦月

教授　各位女士，各位先生，八天之后，我们这对夫妻在一家旅馆的卧室里。所在的城市，是怎么样的一个城市，那是没有什么关系的。我们只道这个城市并不很美，旅馆也决不是第一流的。旅馆靠近火车站，火车的吵闹使他们睡不着。但这个城市和这间陈旧的旅馆房间将是天堂还是地狱，那就要看我们这对年轻夫妻的心情如何而定了。因为蜜月是很脆弱、很不稳定的，大有转而成为苦月的危险。男女两性的特性会把这个婚姻的学习阶段弄得很笨拙而不快乐。男人的真正作用是去做工程师、建筑家、军人，或者任何他所喜欢的事。在结婚的最初几个星期中，因为他是在热恋之中，他想相信只有爱情才能够占据他的全部时间，他不肯承认他已感到腻烦。当他妻子说她很疲倦时，他就会抱怨自己娶了一个病人。同时，她也不得不承认，共同生活和她所想像的根本大不相同。她很苦恼地了解到，她决不是他所需要的一切。在大部分的情形中，这种冲突是并不严重的，只要有一点儿幽默感和温情就可以解决了。然而，双方必须对互相了解有真正、积极的渴望。如果没有这种善意，那么这对年轻夫妻很可能像船还没有驶出港口就已经沉没了。根据这个原则，我要把这种情况的两个方面表现给你们看。我们先来表演苦月。

★　　　　★　　　　★

一间黯黑的旅馆房间，挂着破烂而褪了色的红色帷幕。双人床上铺着一条样子褴褛的棉被。这是白天，但电灯仍旧亮着。玛丽丝穿了睡衣，躺在那张被褥没有整理过的床上，额上放了一块湿布。菲立普全身衣服穿得整整齐齐，像一个被关在笼中的狮子那样踱来踱去。隔不多久就有一辆火车叫着驶过去。在隔壁房间里，有一个孩子在练钢琴。

玛　菲立普，请你不要这样走来走去……你弄得我头昏脑胀，我的头真痛得厉害！

菲　你难道愿意我出去？我自己是本来想出去的，但你一步也不能去，我不愿让你一个人在这里。

玛　耐心点……我向来是喜欢散步的。你记得我们在悬崖旁边散步了很久很久……但你知道，我现在和从前不同了。你好像不懂得，跟了你之后我整个生活都改变了……过去一个星期中我从来没好好睡过。

菲 我怎样呢？太太在哭、一个孩子在练琴、火车在外面大叫着过去，你以为我睡得好么？

玛 你当然睡着了。你甚至还打鼾呢。

菲 那是你在做梦，我从来不打鼾的！……

玛 你怎么会知道？

菲 你以为我只同你一个女人睡过？……如果我要打鼾，别人早就在你之前对我说了。

玛 你这下流胚！当然，我不会傻得以为你从来没爱过别人，但我决想不到你会在我们的蜜月里吹嘘你的情史。

菲 对不起，玛丽丝。我的确非常不对……但我这样暴躁不安，不是没有理由的。自从我们出来之后，好像什么都不对劲儿。你生了病，不能够旅行……结果怎样呢？我们被钉牢在这个古怪的城市里。我只好跑来跑去掉换车票，取消订好的卧车床位。同时我公司里不断来信催我回去。现在我又听说，我特别想要承办的那件工程，文生已经在搞了。你必须承认，我不高兴是有道理的。只要我有一点点工作做，就不会这样难受了。

玛 工作？你竟带工作到这里来做？啊！菲立普！不要在我们的蜜月里……

菲 嗯，事实上，我是带了一点工作来……这是不是很可恶？或许是，但我天生喜欢这样……我皮包里有三卷重要的文件，我真的应该要看一下。

玛 （屈服了）那就看吧，亲爱的，只要这会使你心境好些。你以前为什么不告诉我你想工作？听着，你记好，你一定要知道，我是要分享你的生活的……不管那是工作还是享乐。现在坐下来，看吧。搞你的文件去……我一句话也不说了。

菲 （有点不好意思）你真好，玛丽丝。我真想不到你的态度会这样好。不错，这办法很对。在吃中饭之前，我就会把这些关于美国生产的统计数据看完……你瞧着吧，看过之后，我就完全不同啦。

他从皮包里拿出一卷文件来，拉过一张桌子和椅子，开始工作，静默……火车吼叫着过去……那女孩断断续续地弹着华尔兹。

玛 菲立普……

菲 （粗暴、不快）怎么？

玛 我能帮你什么忙么？

菲 （恼怒）不，亲爱的！这会烦得你哭出来，里面说些什么你不会懂的。

玛 你解释给我听我就懂了。在我们订婚的时候，你喜欢解释各种事情给我听。你知道的，我工作是很有效率的。如果你需要什么表格或者着色的地图，我可以给你画……我在学校里的时候，这些东西都画得很好。

菲 我要的表格和地图都已经有了……都放在卷宗里。大家各有各的职司！你需要休息，而我并不需要人帮忙。我唯一要你做的事，就是不要作声。

静默。配音是火车声和那同样的断断续续的华尔兹。不久，床上发出长长的叹息，然后是抑制着的哭泣，然后是大哭。

菲 （抬起头来）这次我什么搞得不对头了？啊，老天！和我结婚的好像不是一个女人而是一个喷水泉！玛丽丝，为什么呀?

玛 （哭泣）为什么？啊，那明显得很：你并没有真正爱我！你不愿意我分享你的生活，你在度蜜月的时候带了工作来做，你不让我帮你做，你当我是个傻瓜……还和我谈你从前那些姘头。听着，菲立普。和一个女人一起出外旅行，即使她是你的妻子，或许你也认为那很平常，她不过是许多女人中的一个吧。但我并不这样想。我以前曾经希望、曾经幻想，这两个星期将是我一生中最美好的时光。我想这段时光已想了好几年啦……我要把这蜜月塑造成一件艺术品，一种温柔的东西，一种贵重的十全十美的东西……没错，我知道这听上去一定很荒唐，但事实是这样。你懂了吧？你是一个男人，你有你的工作、你的研究和计划，你对于将来怀有大志……我没有做创造工作的运气，我的工作是做一个妻子，我要把这件工作做得非常精彩……现在你却已使我感到我是不成的。就是这样，你现在已知道了我的意思，这是叫人很伤心的。

菲 （*走到床边，把她抱在怀里*）我非常野蛮，玛丽丝，请你原谅我。你要我做什么我一切听你……你要我怎样呢？你是不是要我整天呆在这间可怕的房子里乱绞手指？如果你喜欢，我就这样做……还是你要我握住你的手来背诗呢？

玛 （*淡淡微笑*）不要，谢谢你……你背得出的诗也不过这几首，我都听熟啦。我现在觉得好些了。我们出去呼吸些新鲜空气吧。我不能多走路，但我们可以坐的士到公园里去。我喜欢和你一起坐在树底下，并且让女侍好来收拾房间。走吧，小东西……

★ ★ ★

教授 他们坐上一辆的士。她的眼泪变成了微笑，同样的，天空也在雨后放晴了。在公园里，玛丽丝靠在她丈夫的手臂上走了短短一段路。小孩们在一个石像周围嬉戏。湖中点缀着一些白帆……

★ ★ ★

玛 菲立普，这里很可爱，是么？这几天我一直呆在屋里，真傻。啊哟，我的戒指！

菲 怎么了？

玛 我忘记在旅馆里了！你瞧……我手指上没有，我记得是在洗手的时候脱下来的……我放在浴室的洗手盆上！菲立普，表情不要这样难看……我们找得到的。

菲 （发怒）你怎么这样说话？你一点也不想想看！我爸爸妈妈省吃俭用的节省下来买了这只戒指……你却毫不在乎地说："我们找得到的。"你怎么知道一定找得到？

玛 我当然找得到的。咱们这层楼的女侍看上去很诚实，就算不诚实吧，她们也会知道，如果失落了什么东西，一定会疑心是她们偷的。

菲 （直率地）站起来吧，咱们马上回到旅馆去。

玛 干么呀？现在这里多可爱。咱们多看一下太阳，它马上就要落下去了。况且，就是马上回去，也不见得好多少。

菲 你是疯了呢，还是真的不懂这是很要紧的？老天，以后不知道怎样！这只戒指是很贵的，花了……

玛 （坚定而庄严）够了，够了！不管怎样，这是我的订婚戒指。

菲 并不见得，亲爱的。现在它已是我们公有的财产。

玛 （愤慨，然后态度强硬）啊唷！嗯，很好……那么咱们回去吧。我一点点也不想再和你留在这里。我以为你送这只戒指给我，是当做一种爱情的标记。但你既然说这只不过是一件公有财产，那我就不再戴它了。你把它放到银行的保险箱里去吧。这或许会使你安心些……来吧，咱们走。

菲 你在这里等……我去找车子。

玛 不！咱们走回去。现在，我什么也不在乎……我以后一生竟都要这样！

★ ★ ★

教授 这是第一次的纠纷。对于这对年轻夫妇，这次争吵是很严重的，因为它很容易引致为枯燥无味的妥协，或者是真正的破裂。然而，双方只要稍稍努力，得到的就是成功而不是失败。当你们看到出去度蜜月的夫妻应当怎样做之后，你们一定就会同意了。这里仍旧是那对夫妻，同样的布景。这是上午九时，玛丽丝还睡在床上。菲立普上身赤裸，穿着睡裤，在镜子前面刮脸。时不时有一辆火车经过。隔壁的钢琴响着。有人在弹音阶，然后断断续续地弹一首华尔兹。

★ ★ ★

玛　（觉得有趣而好奇）你每天都刮脸么，菲立普？

菲　当然啦，小亲亲……

玛　你背上那个是什么疤？……我以前没有注意到……

菲　那是炮弹片的伤疤，几年之前打伤的，现在已不大看得清楚了。你这样瞪着眼瞧什么？

玛　没什么，亲爱的。我就是爱看你。我从来没见过男人刮脸。

菲　（转过身来）我在镜子里可以看到一点点的你。你蜷伏在这张大床里，真可爱，就像一头波斯小猫。

玛　你来碰我的时候，我会不会欢快的呜呜叫呢？

菲　哼。我想是吧——我就来试试看。

玛　没有人请你来试呀，先生。

菲　好啦，脸刮好啦。我觉得舒服了些。

玛　过来给我瞧瞧……再到床上来睡一分钟，菲立普。我喜欢躺着把头搁在你肩膀上，心里想着："这个漂亮强壮的身体，这光滑的皮肤，这些气息很新鲜的头发，这一切都是'我的'丈夫……"这间房间很不错，是吗？……这张大床……意大利人怎么说的？

菲　叫它作"合欢床"(Matrimonio)，我的爱人。

玛　对，是这样。你知道么，我甚至喜欢这些黯淡的帷幕、踏坏了的地毯和那褪了色的墙纸……这使得这个房间显得舒服而亲密。我们很容易想像我们是在家里……在这里，我觉得好像一直就是嫁给你的……我们已经这样互相了解，真是奇妙，是吗？

菲 咱们是天生一对，甜心……你听到钟声么？这个城市里教堂和修道院多得很。

玛 是的……我爱听这些钟声，火车的吼叫声，以及那个不断在和那首华尔兹过不去的小女孩。这一切我全都爱。

菲 事实上，你对于天堂的构想是这样的，一间邻近火车站的房间，一条给虫蛀坏了的被头，一个卖报的孩子在下面大叫，一个在度假的工程师，而这个人是你可以拿来当枕头的。

玛 就是这样……你是不是也喜欢？

菲 当然啦，亲爱的……但我要的不是工程师而是一个可爱的女人，"睡眼惺忪，容光焕发"。

玛 亲爱的菲立普，你喜欢引经据典，是么？

菲 是的……这样可以把我们的爱情和过去一切伟大的爱情结合起来。

玛 你想得真深刻，亲爱的哲学家！来一个我们特殊的吻吧……（狂喜）我只好说，我以为我们这种独家所有的方式真是不坏。

菲 太好了，甜心……倘使我们老是这样下去，我知道我们准得在这间房间再呆上一整天……你还是起来吧……我要带你去看几所很漂亮的老修道院……

玛 再等五分钟，菲立普。

菲 “让我们享受那最甜蜜的狂喜……”来吧，你这不会满足的东西……只许再吻一次。以后五分钟中，我要努力的不去吻你。

玛 决不可能！

菲 你对啦……没有办法……（他又吻她）

玛 告诉我，亲爱的，你第一次看到我的时候，是不是觉得我很动人？

菲 我记不起了。

玛 你记不起了？……真不要脸！你这坏家伙！（好玩地捏他）

菲 啊唷，不要捏了！这是我不好，我的记性糟透啦。

玛 嗯，我要警告你，我的记性却好得不得了，几乎有点病态。我连做的梦也记得。在我们订了婚之后，我常常梦到你……有一次我们是在海底下。你跟着一条发光的大鱼；突然，那条鱼转过身来，那是桑黛儿……就在那个时候，我从海草里钻出来，全身没穿一点儿衣裳，就像是海里的一个小妖女，你就离开了桑黛儿，开始向我游过来……真滑稽，是么？

菲　那当然是这样。谁不会离开桑黛儿而到你身边来呢？

玛　（爱俏地）为什么？……桑黛儿很漂亮呀。

菲　她或许漂亮，但她不是你……有时她说的话真搞得我头昏脑胀，而我总是喜欢听你说话，你总是非常非常迷人的。你一举手一投足，总显得恰到好处；你说的每一句话，总是我心中要说的话……有时候我在怀疑，这到底是不是我在做梦在恋爱：通过一个年轻女人的形象，把我身上最好的东西表现出来，这些在我单独的时候是永远做不到的……

玛　（非常感动）不要把我说得这样好，亲爱的！……你一定会失望的，我哪里配。

菲　傻东西……听你这样说，别人会觉得你过去倒犯过什么罪似的。

玛　（朗诵的语调，似乎在读梅特林克戏剧中的台词[①]）没错，菲立普，我有一个可怕的秘密。

---

① 梅特林克（Maurice Maeterlinck）是比利时著名的诗人、戏剧家。——译者注

菲 那是什么秘密，曼丽桑德？[①]

玛 那就是我爱你。

那小女孩大胆地在和那首华尔兹为难，愈弹愈糟了。

玛 啊，菲立普，那首华尔兹……这听上去或许很糟，但我以后一生永远会爱它。

菲 （一半正经、一半开玩笑）这女孩真了不起呀！

华尔兹愈弹愈响，成为幸福爱情的主调。

---

① 曼丽桑德（Mélisande）是法国戏剧家罗斯当（Edmond Rostand）剧作《远方公主》（*La Princesse Lointaine*）中的女主角，这个女人以美貌著名，法国人说人是曼丽桑德，就如我们把人比作西施王嫱。——译者注

第四课　婚姻和友谊

教授　各位女士，各位先生，在上一课结束的时候，我们让这对年轻的夫妻去享受他们的蜜月。这种与世隔绝是必要的。夫妻之间应当互相设法了解，那当然是非常重要。但这种只限于两个人的生活，不管是多么愉快，总是不自然的。蜜月一过完之后，这对夫妻就必须重新回到社会中正常的位置去。新娘和新郎在庆祝结婚的时候并不是只有他们两个人。在这个庄严的典礼中，每个人都带了一大批朋友来。和这些人之间的友谊是否能继续维持下去呢？那是一个问题。丈夫或妻子如把他们之间的秘密告诉了第三者，那是不是对对方不忠诚呢？另一方面，丈夫或妻子的朋友，对于他们朋友的配偶应该采取什么态度呢？不管彼此友谊在表面上看来是如何的坚定，然而以上处境总是不容易应付的。首先，我要表现一种错误的态度给你们看。那是在这对青年夫妻回来之后不久，玛丽丝的两个女友蓓达和嘉丽娜之间的谈话。

★ ★ ★

蓓达（下称“蓓”）（兴奋而好奇）你见过他们么？

嘉丽娜（下称“嘉”） 见过了，昨天晚上我在玛丽丝家里和他们在一起。

蓓 （失望）真的么？她只打过一个电话给我。说了很多话，但说得模模糊糊的。她答应昨天到我的鸡尾酒会来，但始终没来。一个朋友一结婚，就不是朋友了……他们看上去快乐么？

嘉 表面上看来是快乐的，一点怀疑也没有……他非常关心她，简直关心得荒唐……他抱着她的腰，拉她到角落里吻她。他站起来的时候，手就放在她肩膀上，好像表示她是属于他的……他神秘地提到旅馆和卧室：“玛丽丝，你记得那个弹华尔兹的小女孩吗？”然后他们轻轻地说了几句话，两人都大笑起来……这简直有点儿发疯，很没有派头……他们在他们爸爸妈妈和我面前这样不检点，他们爸爸妈妈显得很尴尬……

蓓 你以为他们真的很快乐么？

嘉 （充满了感情）当然不快乐！这一切都是做给人家看的，她内心是失望的。

蓓 （幸灾乐祸）你怎么知道？

嘉　啊！从各种各样小地方可以看出来……例如，她在肉体上似乎对他不感兴趣。他把她拉过去的时候，她不是倒在他怀里，反而走开去……一个女人如果真正爱着别人的时候，她的眼光是忧愁而焦急的，但她似乎并没有这种眼光。假如法兰索瓦一摸我的肩膀，我就会激动得全身无力，几乎会晕过去。那是很明显的……玛丽丝却完全安安静静、泰然自若……而且，她对这样一个男人怎么会不失望呢？我和他谈了一些话。他不会说话，趣味很低……只有一个题材，那就是科学。除此之外，他谈的就是各种报纸上都登过了的东西。关于音乐，他喜欢舒曼、贝多芬、古诺这些老作曲家。关于绘画，他只懂印象派的画家。在文学上，他喜欢雨果、缪塞、法朗士……是这样，亲爱的，你能相信吗！我提到了一些名字，雷蒂夫、劳特拉蒙、萨德[①]……这位先生根本不知道我在谈什么，而且

---

①雷蒂夫（Nicolas Restif）是十八世纪法国专门描写巴黎生活的自然主义作家，他写过一部小说描写巴黎女人的二百五十种职业；劳特拉蒙（Comte de Lautréamont）是法国十九世纪的诗人，作品多表达绝望、野蛮、暴行等情感和行为；萨德（Marquis de Sade）是法国十八世纪末著名的情色作家，他因犯风化罪而被判死刑，后改处徒刑三十年，此人作品对近代法国颓废文学的影响很大。这几个人都是法国第二流的作家，无怪菲立普不知道而被嘉丽娜瞧不起。——译者按

不敢承认他不懂，只是莫名其妙地向我呆看。

蓓　你想他会把桑黛儿的事告诉她吗？……我们都知道，他在认识玛丽丝很久以前，和桑黛儿要好过的。

嘉　不，他一点也没告诉她……我很巧妙的作了几个暗示，但她没有反应。而且，我想她也不会把关于伯纳德的事告诉他，这很聪明，因为菲立普是非常非常善妒的。昨天请客的时候韩内·华铎也在。他是玛丽丝妹妹的朋友，人是很有趣的，但菲立普对他一副担心的样子，你假使看到就妙了。可怜的玛丽丝，我怕她将来每说一句话、每做一个动作，都得小心才是。

蓓　她不会再和我们在一起了。

嘉　毫无希望。你想大伙儿会和菲立普这家伙在一起么？

蓓　不，当然不会，但我希望玛丽丝总有单独行动的时候。

嘉　你不知道菲立普的为人！我曾轻描淡写的跟玛丽丝说："现在你回来了，假使哪一天晚上你一个儿在家里，蓓达或者我会来看你……"但菲立普直截了当地插嘴说："我不会在晚上离开玛丽丝的，就算不得不离开，她在家里也会有很多事情做，不会闲着的。对么，玛丽丝？"

蓓　她怎么说？

嘉　我真替她难为情。她怯生生地说："当然啦，菲立普……"但她说是这样说，却可怜巴巴地望了我一眼……这真是意料不到的事。

蓓　你干么不设法单独和她谈谈？你可以要她把心事说给你听。

嘉　她丈夫监视着我们，这很不容易……后来她爸爸和菲立普出去谈点事情，时机正好，我才有了机会。

蓓　怎么样？

嘉　她当然很谨慎……她结婚还只两个月！她想使我有一个印象，他们是十全十美的一对，幸福得不得了："菲立普真体贴……菲立普的前途这样光明……菲立普非常实际，我们这层房子里的东西都是他布置的。"但我击破了她的防御行动。我说，"当然，他似乎对你很关心……但老是单独和他在一起……你是不是觉得，有点儿腻烦？……"

蓓　嘉丽娜！你竟敢这样说？……

嘉　没错，我的看法很对，因为她显得有点心烦意乱，她说："你为什么问我这个，嘉丽娜？是不是因为你觉得菲立普有点使人腻烦？"我没回答。这似乎没有意义，但我看得出来，我的话已发生了作用。后来我转换了话题："嗯，现在你已经试过了，这是不是真的是你一生中伟大的爱情?”她好像吃了一惊:“啊,那当然是真正的……我爱他,他爱我,我们互相信任。我们非常快乐……你知道的和我一样清楚,每个人必须习惯于婚姻,每个人需要一种性教育……这必须是相互给予的。”

蓓 她甚至说“相互给予”?……那么证明他很没有经验……我向来就以为这样。话说回来,他能在什么地方学到一些关于女人的技巧呢?他和桑黛儿之间的关系纯粹是精神上的,这不会教会他多少东西。他的时间大部分花在读书和应付考试上面……(热心地)不要紧!不出一年,玛丽丝就可以有一个真正的情人。

嘉 我倒不敢这样确定。菲立普可能不大动人,但他疑心病很重……玛丽丝对我说,他们回来之后,他白天常常打电话回来,看她是不是在家里。她以为这是爱情的表示!

蓓 可怜的东西!我想你帮她弄清楚了吧?

嘉 我是说得很露骨的。我说:“亲爱的小玛丽丝,你注意听着。如果你让你丈夫把你弄成一个老是呆在家里的人,那你就完啦……没错,我知道,他要和你亲亲热热的守在一块,不愿意你向任何人卖弄风情。但一般丈夫并没有了解他们自己……我亲爱的,你听他话,把你的朋友都不要了,当没有一个人觉得你是动人的时候,那时候你就会看到，菲立普也会离开你了……事情就是这样，我亲爱的，不管你喜不喜欢。男人总爱追求不容易到手的东西，一属于他们，他们就很容易厌倦了。你说什么？你是十全十美的幸福？那真想不到，你看上去一点也不幸福……”

蓓 干得好！那正是我要说的话。

这时电话响了。那是玛丽丝打来的。蓓达很亲热地回答。

蓓 是的，我的小东西……嘉丽娜对我说你看来是多么幸福。

那两位朋友会心地微笑。不协和的音乐响起。

★ ★ ★

教授 当然，你们会觉得这两位女士是很靠不住的朋友。你们想得没错。我是选择了一个非常极端的例子，让你们提防这种可能的危险。真正的朋友会欢迎那新来者进入他们的圈子，并坦诚地尝试建立一种共同的友谊。如果成功了，那一切都很好。如果失败了，那么最好让这对夫妻安安静静的，用不到大惊小怪，只遗憾少了一个朋友就是了。你决不能去干涉别人的婚姻生活。别人自以为是的意见未必能解决爱情的问题，让我们结了婚的朋友们自行去解决他们的问题去吧。如果解决不了，那也只是他们自己的事。

一对幸福的夫妻可以和另一对婚姻幸福的夫妻保持坦诚而健康的友谊。在这种情形之下，并没有妒忌。这四个人中，每个人都有他幸福的一份，他不会羡慕他朋友的幸福。在这种朋友之间，作亲密的谈话是没有危险的。爱情和忠诚使一个女人得到了内心的平静，如果她能认识到另一个也有这种心境的女人，那很好。

一个单身男人如成为这对夫妻的密友，他的处境就比较困难。看到另一个男人的幸福，对于他可能是一种诱惑。在几千年前，甘道勒斯王（King Candaules）就上过当，因为他向他朋友夸赞了自己王后的美丽和动人之处。[①] 与异性之间的友谊要转为两性关系，那是太容易了。如果妻子说的一句心腹话和丈夫所说的稍有不同，一个怀有恶意的朋友那就高兴了，他可以利用这种分歧来破坏那对夫妻相互间的信任。

一对快乐的夫妻如去和一对互相挑剔唠叨的夫妻做朋友，那是再糟不过了，那也是他们最坏的榜样。一个不快

① 甘道勒斯是纪元前七世纪时的吕底亚（Lydia）国王。据传说，他把自己王后的动人之处说给他朋友葛齐斯（Gyges）听，葛齐斯听了大为动心，就和王后私通。王后逼葛齐斯杀死了她丈夫，和他结婚。葛齐斯后来接任王位，在位二十八年。——译者按

活的女人不会和一个快乐的女人好好地相处。她会千方百计地去破坏这种幸福，因为别人的幸福会使她的不幸显得更加厉害。要记得，幸福是容易被别人破坏的，因为这主要是一种心境。一个能说善道的人可以歪曲事实，因而改变你的意见。要当心这种搬弄是非、幸灾乐祸的人，这种人自己的家庭生活一定是不美满的。

没有一个有头脑的女人会和另一个女人谈论自己丈夫的缺点和挫折。这种亲密的谈论很容易引致纠纷。另一个女人首先会把这种不满“夸大”，使其显得更有趣味，最后她竟相信了自己捏造出来的这个故事。友谊的最好证明是，懂得如何忘记这种未经考虑脱口而出的心腹话，并在以后永远不提到它。

这并不是说，一对结了婚的夫妻不能再有亲密的朋友。恰恰相反，新朋友就如新鲜空气那样，完全是必要的。不过聪明的夫妻应当努力遵守这两条规则：

第一条规则是，丈夫和妻子必须设法选择可靠的朋友，那就是说，后者的道德能得到别人的信任。幸好，这种人有的是——丈夫可以把妻子交托给他，妻子可以把丈夫交托给她，用不着担心这位朋友会破坏他们夫妻之间的感情。第二条要遵守的规则是，一个结了婚的女人，最好的朋友应当是她的丈夫；而一个结了婚的男人，最好的朋友应当是他的妻子。有些夫妻之间的关系非常密切，即使是互相倾诉最坦白、最秘密的心腹话，也显得十分自然。如果他要抱怨什么，他就告诉她而不是去告诉另一个人，因为他知道，她会用幽默、同情和清楚的头脑来听取他的话。男女之间完美的友谊，必须使心灵和肉体同感满足。婚姻使这种事情成为可能。当丈夫是妻子最好的朋友的时候，只要她愿意，她可以有其他的男朋友而不致发生危险。

一个女学生举手。

教授　小姐，你是不是有问题要问？

女学生　是的，先生……你刚才说，丈夫可以成为他妻子最好的朋友……爱情和友谊可以同时并存吗？

教授　小姐，你这问题问得很恰当。爱情与友谊之间，事实上有一种基本的不同。爱情是盲目、妒忌、对对方要求很苛刻，而且常常对对方不公平；友谊却是平等、大方、头脑很清楚的。爱情常常在变动，随着热情的浪潮而高低起伏；但友谊的路径却是平稳而安静的。我这个讲座的目标是，要表示只有婚姻才能把爱情变为友谊，而同时并不破坏爱情。

女学生　这是怎样办到的呢？……在一切成为习惯之后，最后所有的迷恋都会消失了，是么？

教授 （微笑）你好像懂得很多，小姐！但为什么要用“迷恋”这个词儿？它表示的是一种突然发生而为时不久的东西。相反的，爱情却不是这样，它可以在一生之中一点一滴地累积起来，而且也应当这样做。不要把情欲、迷恋与爱情混为一谈。两个年轻人天生具有情欲，而迷恋则是一种短时期内的发傻，它使我们戴了有色眼镜去看某一个人。婚姻所造成的却是一种温柔体贴和谅解，对自己的伴侣有真正的认识，知道他的一切缺点和好处，但仍旧是一样的爱他。这一切谈得太抽象了。现在我仍旧用我们的老办法来表示给你们看，夫妻之间友谊的初步阶段是怎样的……

★ ★ ★

一间小小的起坐间，陈设非常简陋。玛丽丝坐在一张仿制的路易十五的椅子中，表情很不愉快。菲立普在看报，时时偷看她。终于，他说话了。

菲 怎么啦，玛丽丝？

玛 （发脾气）什么怎么啦？我又没什么。

菲 不要这样凶，亲爱的。我完全是好意。你面色很不愉快，我知道一定有什么不对头了。你心里不高兴，我很想知道那是为了什么，那并没有什么害处！

玛 （心平气和了一点儿）没什么，不过都不管用……你不会懂的。

菲 那么一定是有原因了……我为什么会不懂？你难道以为我是这样蠢？

玛 不，一点也不是这个意思……但是男人呀……

菲 那就是了……你今天见过嘉丽娜或者蓓达么？

玛 两个人都见到了。干么，这不可以吗？

菲 当然可以，不过你告诉我到底发生了什么事。

玛 就是你不爱听的事，你也要听么？

菲 假使那是对我不愉快的话，我尤其想听……说吧，这两位悲剧性的心腹知交给你灌输了什么毒素？

玛 我不喜欢你用这种态度来说我的朋友……她们或许有她们的缺点，但她们对我是很忠诚的。

菲 她们不喜欢我？

玛 她们想喜欢你，因为你是我的丈夫……只是……

菲 只是什么？说吧……我准备听。

玛 嗯，既然你一定要我说，那就是这样：她们觉得你并没有真正爱我，你一点也不设法来了解我，你强迫我来过你那种自私的单身汉的生活方式，但并不来分享我的生活方式，你甚至试也不试一下……（沉默，然后长长地叹了一口气）而且……这一点我很不好意思告诉你……她们说你很小器。

菲 （愤慨）小器！我倒要请问，她们知道什么？我愿意用光我最后一块钱来使你快乐！……你的订婚戒指就是一个例子……

玛 小心，菲立普。这件事情是不许提到的……不去说它啦，这并不是首饰的问题。嘉丽娜认为，你决不可以接受你爸爸妈妈从别墅里搬来的这些难看的家俬。她说，“一个有眼光的年轻女人，决不会用上一代人的遗物来布置家居！”这很对，菲立普……饭厅里这套可怕的家俬，假使你知道我多么讨厌它们就好了……还有这些仿制的路易十五的椅子……倘使能用我们自己的方式来布置，用的是简单、新式、迷人的家具，那可有多好。

菲 但亲爱的，你以前从来没有和我说起过……而且你很想要这些家具。

玛 我对你根本不大了解。我不敢和你反对，我也不想得罪你的爸爸妈妈。

菲 如果不是我一定要你说，我想你永远不会告诉我这些长舌妇说的话……亲爱的，你听我说。不能这样子的来开始一个幸福的婚姻生活。如果我们容许第三者来破坏我们相互之间的印象，那我们就糟糕了。我不能不认为，你那几位朋友不是好人……

玛 她们是好人，她们只不过坦白一点而已。

菲　坦白有时候会造成残忍和害人的结果……唉，这一点我知道得很清楚，你知道他们说了些什么话么？他们说，我娶了一个十三点女人，说你配不上我，也不想来了解我。说我们结婚还不过几个星期，你已把我弄成一个胆小怕事、神经紧张、毫无个性的人……他们说，我和你在一起的时候，连话也不敢讲……

玛　谁说的？

菲　我的朋友都这样说。罗拔、克里斯丁和基莱……

玛　你从来没对我说过。

菲　没说过……我真不对。我完全闷在肚里，几乎要憋死啦！

玛　我是不是真的使你胆小而紧张呢？

菲立普走过去，坐在她身旁，抱住她的腰。

菲　没错，亲爱的……那是很自然的。我知道你那些朋友对我的印象，我感觉得到的……我怕她们会影响你，我一提到科学或工程，或许你就会嘲笑我……既然你讨厌我所喜欢的东西，而你所喜欢的东西我又一点也不懂，那么我谈些什么好呢？我只好一声不响了。

玛　菲立普……这完全没有道理！你是不是真的以为我“配不上你”呢？

菲　完全不是……不过我以为，我们之间有很多的东西要互相学习。如果我能有你这么高的欣赏能力就好了……

玛 我希望能像你这样有效率……

菲 那是精彩得不得了，但这不是不可能的。你瞧，亲爱的，我们要一起学习很多东西。今天我们学到的是第一课，那就是说，在婚姻生活中，夫妻之间必须经常保持密切接触……

玛 （笑了起来，靠在他身上）当然啦。

菲 不要笑，我不是说这种密切接触……我意思是说，在我们之间，永远不可以有一点点最轻微的磨擦或气恼，因为这可能会播下了不信任的种子。我们的朋友一定要尊重我们之间绝对的一致，他们要知道，和你说的任何一件事情，你一定会去讲给我听，反过来也是一样。起初这些朋友们会很不高兴，但他们慢慢会习惯的，以后一切就好了。

玛 但菲立普，要把什么事情都告诉你是很难的。你话也不大说，心不在焉的，总是在想些什么事情。你一声不响，我总觉得你内心的一部分是深深地隐藏着的。

菲 没错，玛丽丝，我是这样的，当和别人在一起的时候，我仍旧会这样……但和你在一起就不同了……我认为夫妻应当共同担当一切，不管是好是坏。

玛 有福同享，有祸同当……

菲 是的，我的爱人！我想这需要来一个我们特殊的吻了。

音乐。《崔斯坦与伊索德》前奏曲的仿作，有点儿胡闹，有点儿严肃。

★ ★ ★

教授 当然，这只是一篇简单的描写……但我以为这很清楚地表示了正当的态度是怎样的。

男学生 是的，先生，但是这种坦诚的谈话，要夫妻双方都必须是通情达理、极有诚意的人才行……假使那个女人又固执又狡猾，脾气浮躁……

女学生 或者假使那个男人自高自大，野蛮骄傲……

教授 你们两个人的话都对。我们在生活之中会遇到无数不懂温柔体贴的人……嗯，我们必须小心，不要和这种人结婚。

打钟。学生们走出课堂。走远之后，有一个人说："说说是很容易的！……"

第五课　小冲突

教授　各位女士，各位先生，以后我们要谈到婚姻中各种严重的问题。在以下两课中，我只想给你们看两件非常微小的冲突，然而这些小冲突是否能顺利解决，还是和我们这对夫妻的幸福有关系的。今天要表演的第一场叫做“守时”。菲立普已离开了他从前的职务，去参加工程部的工作，这是他一向的心愿。这天晚上，他所属的那个司的司长罗比勋先生第一次请他吃饭，并且请他太太一起去。现在时间是下午七时，我们这两个角色正在巴黎他们那层小小的楼房中。听他们的吧……

★　　　★　　　★

守时

菲　你一切都好，就是一件事不成……你从来不守时，亲爱的。

玛 你只有一个缺点，菲立普……你太守时了。

菲 亲爱的，你怎么每次都能迟到？我呀，就想迟到也不成。

玛 你怎么能够始终这样早？你到火车站的时候，你样子看上去好像是赶不上刚开走的一班车子，而不是来乘我们所要乘的下一班！

菲 或许是这样，但假使我不催你，你就会乘不上你所要乘的一班车，只好等下一班了……说真格的，你为什么要这样呢？守时并不难呀。就拿今天晚上来做例子吧。你知道，我们八点半要到我上司家里去吃饭。你必须在八点钟准备好……你换衣服梳头要多少时间？

玛 啊，假使一切都顺利，半小时就够了。

菲 好，那就多给你十五分钟，以便发生什么意外。在七点一刻开始，你就会准时弄好了。这并没有什么难呀。

玛 是么？可怜的菲立普，你难道不知道，第一个问题是要知道什么时候是七点一刻。

菲 那有什么难呢？你有表，家里还有好几只钟。

玛 没错，我的老爷，但你必须记得看钟。你要在七点钟的时候看钟，你就必须先知道这是七点钟。但假使我在做什么很有兴趣的事，我就决不会想到时间……不像你这样，我并不把一只闹钟放在我心里。

菲 放在我心里的是另外一件东西，这一点你应当知道得比谁都清楚。

玛 当然啦，小东西……我不应当说："在你心里。"但你在脑子里放了一只闹钟，那是事实。结果怎样呢？你总是等候别人！

菲 我宁可等别人，不喜欢让别人等我。

玛 这表示你有为别人着想的高尚性格……我喜欢让人家等我。

菲 或许是这样吧……我们不必再谈下去了……但今天晚上是一个例外，亲爱的，我请求你遵守时间，因为今天是罗比勋先生请客。这是他第一次请我，那是很少有的光荣；我一生的事业可能要在今天晚上决定。所以一定要好好干一下，我的小东西。这对你对我都是有好处的。

玛 （慷慨地）很好。你已经说明了原因，那就够了。我保证今天晚上一定尽我最大的努力。但有一个条件……不要每隔五分钟就进来瞧我打扮得怎样了。这会使我烦得要死，只有妨碍我而使我搞得比平时更迟。答允吗？

菲 好，我答允。你快开始吧。不管你喜不喜欢，我心里的闹钟告诉我现在已经七点一刻了。

玛　不可能的……没错，你说得对！我的表居然和你心里的钟一模一样……好，我就去。暂时再会，你这专制皇帝。

菲立普一个人留下，拿起了一本书，放下，又拿起来。时钟打了七点半。菲立普在房里走来走去，愈来愈不耐烦了。他又坐下来，想看书，可总是不成。终于时钟打了八点。

菲　八点钟！……她可把我整惨啦。如果我们最迟到，我想像得到我上司的脸色……他在部里的时候，对时间是要求得这样严格。然而今天晚上她明明是准时开始打扮的呀……我真不懂她怎么回事。不管怎样，我一定要去看看到底怎样了……没错，我答允过不去看她的……不！我只答允不每隔五分钟就去看一次。现在她在房里已关了三刻钟了。（他敲门）

玛　怎么？

菲　是我！

玛　你要什么？

菲　我要什么？时间到了！我要你出来……马上！现在已经八点多了。（他开门）老天爷！你怎么还穿着衬裙？

玛　不错，我穿了衬裙又怎样？你不喜欢我穿吗？

菲　听着，宝贝儿，你逼得我要发狂了……过去这个钟头里你在干什么呀？

玛 我梳好了头，化了妆。我又重新搽了一遍指甲，因为原先搽的颜色不对。我正要穿衣服时，桑黛儿打电话来了……她和我谈了二十分钟。如果她不打电话来，我早就预备好啦。

菲 你为什么不把电话挂断？

玛 我挂断了她又打过来。

菲 你应当告诉她，今天晚上有一个很重要的人请吃饭。

玛 我都解释给她听了。所以电话打得这样长呀……她告诉了我关于安赛儿的一件事，那真教人难以相信。你知道吗，安赛儿的丈夫发现了马拿加写给她的情书，那正是他们要乘飞机到纽约去的时候！……

菲 老天在上！我早告诉你，我一生事业和今天晚上这次请客有重大关系，你却站在这里对我说什么桑黛儿、安赛儿、嘉丽娜、克莱曼丽，以及其他一切人的事情。司长在等我们，而你还只穿了一半衣裳……我完啦，整个儿垮啦，这都是你造成的。

玛 亲爱的，不要这样夸张……有什么大不了的呢？我头发梳好了，脸化好妆了，指甲也干了……现在我只要跳进一件衣裳里去就成了。我不会花多少时间的，但有一个条件，你不要在这里！我看到你转来转去，我头都晕啦……到起坐间去……看看报……听听收音机……倒竖一会儿……你爱干什么就干什么，但给我五分钟安静，否则你会弄得我迟到的。

菲 这是最后的极限了！就这样，我再给你一个机会。我可以出去，但我警告你，再过五分钟，一秒钟也不能多，如果你还不好，我就一个人去了。

玛 好，宝贝儿，我同意……现在去吧，在隔壁房里等我。

隔了一会儿，菲立普叹息、吹口哨、自言自语，然后开始骂人。时钟打了八点一刻，他又敲门。

菲 玛丽丝！……八点十五分啦。这是我一生所遇到最大的灾难。你在干什么？（他开门）

玛 你自己看吧。我的拉链拉不上。

菲 拉链？

玛 不错！拉链给卡住了……不要脸色这样难看，来帮帮我吧……你只要拉这个小铜片就成了。

菲 等一下！……不要烦躁……它有点邪门……你拉得太下了，拉链滑了出来……不要动，求求你！

玛 （怏怏不乐）你不再爱我了……我没穿上衣服的时候，你竟不来吻我的背，这是从来没有过的。

菲 （发怒）不要动，别啰唆啦……大概弄好了……成啦！

玛 你真了不起！

菲 （谦虚）啊！只不过有一点机械才能而已，每个男人都是这样的。

玛 我很会发嗲，就像大部分女人那样……倘使我不是搽了唇膏，我就要来吻你了。

菲 不要现在吻我，咱们走吧！几乎要八点半了。

玛 （突然叫起来）老天！

菲 现在又怎样了？

玛 你瞧！我的袜子抽了丝，这样大的一块！糟啦，这是你爸爸从美国给我买来的新袜，现在抽了丝。我的运气真……

菲 真不幸，咱们走吧。

玛 你疯了吗？……我怎么能穿一双抽了丝的袜子到人家家里去吃饭……我要找一双新的。

菲 （突然非常安静，虽然心中失望达于极点）那么就换一双吧，亲爱的……倘使你不喜欢你这身衣服，去换一套……倘使你化妆化得不好，那么擦掉了重新来过……倘使你的头发梳得不合意，到理发店去再做一下。倘使你的袜子抽了丝，到纽约去买几双新的……快速飞机有的是。我可以耐心等你，谁知道呢？再过五天，或者再过五个月，我们或许终于会到达罗比勋先生家里去吃饭。

玛 不要这样凶，这样讽刺人。

★ ★ ★

教授 玛丽丝终于换好了袜子。她在镜子里看了最后一眼。他们出发了，他们答应给的士司机一笔可观的小账，所以车子以令人头发直竖的惊人速度向埃尔米——德商纳尔路驶去。他们坐电梯到了二楼。管家开了门，引他们到客厅里，厅里一个人也没有。

★ ★ ★

管家 罗比勋先生说很对不起……他刚才从部里打电话来，说他有事处理迟些来。太太在换衣服，马上就下来。

管家出去了。玛丽丝胜利地望了她丈夫一眼。然后她走过去拍拍他的脸。

玛 可怜的菲立普，总是及时赶到上一班火车！记得么？

★ ★ ★

教授 我认为不必再多加说明了……这里是另一个小冲突的例子，题目是：“关怀”。

★ ★ ★

关怀

玛 你今天怎么啦?

菲 你说什么？……我又没什么。

玛 不要说谎，菲立普，我知道你得很清楚……你话也懒得回答我；你整天脸色不好，报也不看……你如果不是有什么心事，就是生了病。

菲 你真烦得叫人难受，亲爱的。我不看报，因为报上没什么可看的；我所以懒得回答你，只因为你老是谈什么水管匠、家具工人、电工，谈个没完没了，听得我腻得要命。我并没什么心事。相反的，我可以告诉你，我上次的事做得很好，得到了称赞，我心里很高兴。

玛 （难受地摇头）那么你一定是在生病了……我真担心。你吃中饭时鳟鱼吃得很少，本来这是你最喜欢的，后来你躺在沙发上，这表示有点不大妙了。

菲 啊！不要大惊小怪，亲爱的。你是在胡思乱想……你就像我们的气象学家预测天气，根本不准确。我没多吃鱼，只因为鱼不大新鲜。

玛 不新鲜！……嗯，我喜欢吃。

菲 我所以要躺着午睡一会儿，因为昨晚我没睡好。

玛 你瞧，你是不舒服。你自己承认啦，你睡得不好。

菲 我没承认什么，最亲爱的……我所以没睡好，是因为你和我讲话讲到两点钟，虽然我对你说，我对安赛儿的情史一点也不感兴趣，我很想睡，第二天必须在七点钟起来，但你还是要讲下去。不过我午睡了一会之后就好得多了，今天晚上我胃口一定很好，等一会你就知道了。谢天谢地，晚饭弄好啦！你给我吃些什么？

玛 （沉静地）我正想对你说……我本来不知道你不舒服，我怕今天的菜太油了一点……那是蒸兔子肉……最好不要吃，那酱汁吃了不好。

菲 瞎说八道！我喜欢蒸兔子肉，尤其喜欢酱汁，我当然要吃。

玛 你真教我担心，菲立普。上次高林医生给你检查了身体之后，单独对我说，叫我仔细照顾你……你的肝有点扩大，血压也高得很危险。

菲 危险？一点也不，那差不多是正常的。

玛 不，就你的年龄来说，那并不正常……而且，还有其他让人担心的症状。

菲 什么症状？

玛 还是不谈的好，我不想吓你。你听我说，菲立普，假使你一定要吃蒸兔子肉，那么先吃我的三颗顺势疗法药丸，就算你体贴我好了。

菲 那有什么用？好吧，我就吃……让你高兴高兴。

玛 不要吃甜食。

菲 那未免太严厉了！今天的甜食是什么？

玛 是对你的肝最不好的东西：朱古力奶油。你知道么，吃中饭的时候我见你愁眉苦脸的，我就想，今天晚上要给你吃你最喜欢的甜食。

菲 但你现在居然不许我碰一碰！……

玛 别大叫大嚷，亲爱的。慢慢再说吧……吃慢点，菲立普！你没有嚼，高林医生对我说，你可怜的胃负担过重，一个人不用他的牙齿，那就是自掘坟墓。你把所有的工作都交给胃液去做。这样下去，你一定会胃溃疡的。

菲 我？我的胃就像鸵鸟那么厉害。

玛 不肯咀嚼的鸵鸟也会胃溃疡……朱古力奶油来啦，菲立普。假使你一定要吃，只可以吃一点点。

菲 （讥刺地）这个我也要嚼一下么？

玛 别开玩笑，菲立普。健康是一件严肃的事情。当你生了病坐在轮椅上时，你就会懊悔没听我的话了。现在坐下来休息一下，让你的胃好好消化。

菲 （大怒）我一点也不想休息！恰恰相反，我正要提议我们出去呼吸些新鲜空气……我的头重得很。

玛 （一副专家的腔调）你瞧，我对你说过的，菲立普，你的头不舒服，这又是一种肝病的症状……你躺下来，让我摸摸你的肝，看它硬不硬。

菲 很好，亲爱的，你最爱搞这一套，我也不便拒绝……我就脱衣服，让你开心开心吧……啊唷，老天！你疯了吗？你的大拇指嵌到我肉里去了……你弄得我真痛！

玛 我刚刚只碰一碰你，菲立普，你瞧你的反应……事实上你是有病，你必须过一种比较适合你身体情况的生活，一定得安安静静地休养。

菲 够啦够啦，亲爱的。我要起来了……嗯，这可有点儿怪！……我一起来就头晕……好像有些晕浪……这是因为我刚才躺了一会呢，还是因为你碰到我的肝的刺激？

玛 都不是。这是你的肝病在作怪……你脸色这样白。你真的有病，上床去睡吧。

菲 睡觉？你疯了，现在八点钟还没到。我对你说我要出去。（他坐起来，踏到地上）真有点古怪……你说得没错，我站都站不直。

玛 我是这样说嘛，菲立普……你马上去睡，我去请医生。

菲 （死样活气地）谢谢你，亲爱的。

★ ★ ★

教授　过份关怀的悲惨结果就是这样。

打钟。钢琴滑稽地弹起《丧礼进行曲》来。

第六课　兴趣不同的问题

教授　各位女士，各位先生，两个旅客在轮船上同住一间房舱，起初几天一定会不大惯的。一个或许喜欢空气流通些，另一个却怕风。一个喜欢早起，另一个却爱睡懒觉。如果这两个人都是高尚的人，他们会逐渐达成妥协，当航程结束时，他们会变得互相很习惯。婚姻是一个旅程，一个终生的旅程。丈夫和妻子在坐上这艘船时，每个人都有自己的性格和爱好，这不大可能是相同的，甚至相似也不大会。只要有一点儿幽默感和大量的爱情，就大有可能相互得到调和。相反的，如果得不到调和，那么就会发生像下面这种情形了。我们这两个角色仍旧是在那层小小的楼房中，那是在他们结了婚的三年之后。

★　　★　　★

玛　菲立普！……你的脚！

菲　（仍旧在看报）什么？

玛　你的脚！你脚多脏，但你把脚放在新椅子上……这张椅子刚换过面子。

菲　我需要把脚搁起来。我几乎整天都站着，今天晚上我真累垮啦，而且，这张椅子是我流了汗赚钱去买来的，是属于我的。

玛　你要休息就休息吧，但不要这副样子。倘使明天我穿了白衣裳坐在这上面，那可就惨啦……

菲　惨啦，这话说得不错……报上正讲到一个大地震，那是发生在赤道上的，死了一万多人。这样一件人类的大惨剧，和你白衣裳上的一点龌龊比较起来怎么样呢？

玛　别讨厌啦，你知道我的意思。这些事情你自己从来不想一想，菲立普，你真让我奇怪，你妈妈从前到底怎样教你的？……你洗了澡从来不把水放掉……你从浴盆里起来，把水泼得满地都是……你的剃刀和剃须刷子从来不擦干……你桌子上堆满了乱七八糟的文件……在这样情况之下，我怎么能把家里弄得干干净净呢？

菲　我所以不洗我的剃须刷子，只因为肥皂对于刷子上的猪鬃是有害处的……我的文件并不是乱七八糟的……这些文件依据我自己的方式放着……我唯一找不到文件的那一次，就是你替我整理了桌子。

玛　今天蓓达和嘉丽娜要来。她们如果看到这么一团糟，我多难为情。

菲 假使她们使得你为了我而感到难为情，那就别再请她们来。我并不希罕。蓓达蠢得令人难以相信。嘉丽娜的心真坏，我一见她就讨厌。她们为什么竟是你最要好的朋友，这点我真不懂。

玛 难道你以为我欣赏你所选的朋友？罗拔是一个在利用你的骗子，这一点儿也不错。

菲 根本不是。他是一个生意人，他希望我和他合作。

玛 是啊，当他的生意做得不好的时候，就想拖你下水……至于你的吉莱先生呢，他真教人烦得要命。他谈起政治、财政、文学来，一谈就是几个钟头，谈到最终，人家才知道原来他对这些东西压根儿就不懂。他所预言的事情，结果总不是那个样子，但他一点也不在乎，照样大言不惭地夸夸其谈，说将来一定这样那样。

菲 这几句话是你从我这里听去的。

玛 或许是吧，我就不谈你的吉莱先生。其实，我真希望你不要跟他打什么交道，因为他会带坏你。

菲 怎样带坏我？

玛 他使你成为一个爱教训别人、爱和人家辩论的人，你本来不是这样的。在我们订了婚的时候，我的朋友们都觉得你很讨人欢喜。但现在哪……前天嘉丽娜对我说："你丈夫当然是一个好人，但他很容易使人感到讨厌。"

菲 嘉丽娜的话倒说得很客气。你听了她的话一点也没反对吗？

玛 不，我否认的，那是为了对你忠诚的缘故，但在我心里……

菲 心里怎么样？

玛 我觉得她的话倒也有几分道理……不，菲立普，你并不使人感到讨厌，不过你常长篇大论地发表演说。我知道你很重视你的工作，但今天的工作已经做完了，你干么一定要开始和吉莱或和可怜的我讨论什么芬兰的罢工、伊拉克的石油？关于芬兰或伊拉克你知道什么？什么也不知道。你只是菲立普·杜朗，巴黎的一个年轻工程师。你不是外交部部长，更不是美国的总统。所以多注意你的妻子一些吧，她需要你，别去管什么伊拉克，它就是没有你，仍旧会过得好好的。

菲 （不快）我并不自以为是一个政治家，但我是一个有责任感的公民，头脑够得上一般水准，至少我希望是这样，我对时事问题有兴趣。至于注意你……那没有比这件事更教我喜欢的了。请你告诉我，在这方面我可以做什么？

玛　譬如说吧，今天晚上你就不必讲这种南美洲大地震的惨事，也不要把你的脏脚放在我的椅子上……

菲　我们的椅子上……

玛　你可以带我去看电影，我一定会看得很高兴。只要你有一点点想像力，你就会知道——在整天等你，擦我们的家具……替你做饭之后，晚上我可能想要有一点儿娱乐。

菲　只要你对我有一点点感情，你就会知道，我在整天工作来养你，买衣服给你，买这张椅子和其他所有的家具之后，有时候我需要休息，要早点睡觉……至于十部电影有九部是蠢得不得了的，那更不必提了……

玛　是的，你觉得什么都蠢。蓓达很蠢，电影很蠢，无疑的，我也很蠢啦。只有那个枯燥无味、自高自大的吉莱先生和那个骗钱的罗拔，你才称许……你全错了。电影并不蠢。嘉丽娜得过一个学位，她可不是傻瓜，她说，电影是我们这时代主要的艺术。她认为《相见恨晚》(*Brief Encounter*)[①]、《肉体中的魔鬼》(*Devil in the Flesh*)、《单车失窃记》(*Bicycle Thief*) 等影片是真正的艺术作品……我

---

① 在香港上映时译为《偷情记》。——编者注

告诉你，我自己觉得《相见恨晚》比任何小说更动人。而且，如果我是你，我就要去看这部电影，因为对于那些以为妻子已经属于自己、不必再去理睬她的丈夫，这部电影给他们一个很好的教训。

菲 （不安起来）很好。咱们去看电影吧。我准备好了，我甚至鞋子也没脱掉。

玛 （辛辣地）我看到啦！……不，菲立普，今天晚上来不及了。

菲 很好……那么咱们明天去……今天晚上早点睡吧。

沉默。他们到卧室里，开始脱衣服。

玛 不要把你的衣服在房里丢得满地都是……明天早晨我又要把它们熨挺，你又要到处找皮鞋……不，不要这样！要沿着褶痕折裤子……你在干么？啊，不要开窗！

菲 你知道得非常清楚，没有新鲜空气我就睡不着。

玛 在夏天嘛，我很同意；但现在是十一月，空气很潮湿，又冷得厉害，我不想生肺炎。事实上，我甚至正想加一条毯子呢。

菲 （叹气）假使你一定要加……不过，只盖在你那一边啦。

他们睡了，睡在同一张床上。长长的沉默，然后是一些听不清楚的话和叹息。

玛 （哀愁地、急喘地）不，不要这样……

★ ★ ★

教授 夫妻之间发生磨擦的另一种原因常常是这样，一个人天性乐观，而另一个却是悲观主义者。对于那个乐观者，最不开心的事莫过于那悲观者对一切事情都往坏处想的态度，而那乐观者充沛的信心也使那悲观者烦恼不已。曾有人问一位哲学家："悲观主义者是什么？"答曰："他是乐观主义者的丈夫……"这相当真实。这两种对于生活的相反态度，产生了下面一类的情形……

★ ★ ★

乐观与悲观

菲 今天晚上我不想到你妈妈家里去……今天是五一劳动节，交通运输工人都休假，咱们怎样回来呢？

玛 咱们或许能叫到的士……或者，如果必要，咱们可以走路啊。你老是抱怨说你愈来愈胖了，但你总不肯运动运动。这是你的一个机会。

菲 走回来！……你妈妈家里离这里远得很哪……假使天晴，倒也罢了，虽然走起来辛苦得很；但假使天下大雨呢……

玛　为什么会下雨？天晴朗得很。你总是往坏处想。

菲　你总是往好处想。你怎么知道不会下雨？

玛　很好……假使下雨，那么在下雨之后我们还有很多很多时间来懊悔。说真的，每个人都会觉得，你喜欢往最坏的地方想，愈想愈开心。

菲　别瞎说八道。我一点儿也不开心。我只指出有下雨的可能性而已。

玛　你什么也证明不了。你只想像会下雨……正像你一年中要想像三十次：战争明天就会爆发。

菲　是两次！有时我也说对了的。

玛　没错，但你说错了一百次，这把我们最好的时光都糟蹋了。咱们在一起旅行时，你老是担心行李会不会失落，担心咱们到达时行李没有随火车到来……

菲　但这并不只是想像的事……那次我们把皮包留在瑞士边界上了，因为我们不知道必须到海关上去接受检查，你记得么？

玛　没错，我当然记得，但只是一千次中的一次而已。我们不会再遇到这种事的。我们现在已经知道了，必须留心海关上的规定……你把每次旅行都弄得痛苦不堪，这到底有什么意义呢？……要不要我再举一个例子？如果我或者我们的一个孩子回来吃饭迟了一点，你马上就想像我们生了病，或者是被汽车撞坏了。然后你开始注意电梯，假使再过十分钟我们还不回来，你就想打电话到警察局去了。其实，我们可能有一千零一种原因要迟回来……我们可能在坐电车时耽搁了，我们可能忘记了时间。我们甚至会想像，你会给我们十五分钟的宽限而不必担心。你有没有想到过这种合理的解释呢？从来不。你总是往最坏的地方想。

菲　不管怎样，由于往最坏的地方想，我们就可以防止最坏的事情发生。因为我怕失落行李，我就检查行李票，注意搬运工人，紧紧地跟着他们……因为我怕经济恐慌，我就及时改变我的投资。

玛　在这方面你似乎并不见得有多大成功……

菲　假使我随随便便、漠不关心，难道你以为我反而可以干得更好些？

玛　我不知道……或许会吧……爸爸从来不去注意什么金钱的事，但亏蚀的钱似乎并没你多……而且，我也不是叫你不要小心谨慎。我所要求的是，在你担心有千分之一的机会要糟糕的时候，不要忘记，有九百九十九次是万事大吉的……这不是乐观，菲立普，这是头脑正常……

菲　或许你说得不错。我总爱往坏处想……高林医生说，这可能是由于我身体不大好的关系……我精神不大振作……很对不起，玛丽丝……（沉默了很久）但不管怎样，假使今天晚上下雨，我们怎样从你妈妈家里回来呢？

★ ★ ★

教授 这一场是足够作为他们的教训了……夫妻之间不应该终身旧事重提，这是一种坏习惯。我以后要解释原因。许多丈夫（妻子也是这样）心中贮藏着许多对方不满意的小事情。只要两人之间发生了一点小争执，过去所有的不快，不管是多么陈旧，都会被重新搬出来。这种情形继续下去，就可能产生下列的事情。菲立普在巴黎单独出去买东西，和他妻子约好四时正在歌剧院路二十八号B外面相会。他是一个很守时的人，所以在时钟正打四下时到达。她不在。“她总是这样。”他喃喃抱怨，在人行道上走来走去，起初很耐心，后来发脾气了。四时三十分了，五时了……“或许她被汽车撞倒了？”他想。他吓得不得了，奔回家去想打电话给警察局。在门口，他遇到了玛丽丝……

★ ★ ★

玛 你在这里！……你到哪里去啦？

菲 你知道得再清楚也没有了……我在歌剧院路二十八号B外面等你。

玛 你是说二十三号B。

菲 瞎说！我对你说二十八号B，而且还重复了一遍。

玛 真的吗，菲立普，这怎么会？我对《圣经》发誓，你是说……

菲 那没什么用。我明知是二十八号B，干么要对你说二十三号B……而且，到底是不是有二十三号B那一个门牌我也不知道。

玛 没有，根本没有这个门牌。

菲 那怎样呢？

玛 所以我就回家啊……我想："等有什么用？菲立普不能在二十三号B的屋子外面等我，因为根本就没有二十三号B这个门牌。"

菲 我猜想，你大概没有想到要到街的另一边去找找二十三号B看吧？你大概没有想到，我或许会为了你担心得要命？我的确是这样，怕你或许晕倒了，或者被人绑票绑去了，又或者交通失事而被车子撞死了。

玛 真瞎说八道！当然，这我从来没想到过……我亲爱的菲立普，我很了解你，但我从来没想到你竟会发疯。

菲 你没有良心。

玛 你就是不用你的头脑，你把什么事情都夸张起来。就像那次五一劳动节，你不肯到我妈妈家里吃饭，只因为怕下雨……结果呢，当然没下雨。

菲 那证明了什么？本来下雨也是有可能的。

玛 今天等我时又这样大惊小怪，你知道这让我想起了什么事情？……那天在第戎，你匆匆忙忙的坐错了一辆火车，车子开走了，把我和孩子们留在月台上……车票也没有。

菲 我叫你们赶快上车的。

玛 但我先叫你下车的！……就像那天你带了汽车钥匙走了，我只好在倾盆大雨之下走了五哩路。

菲 就我来说，这让我想起那天罗比勋太太请客，你使得我迟到了一个钟头。

玛 不错，当我们到的时候，你的东道主甚至还没来呢！

菲、玛 （两人一起）就像那天……

★ ★ ★

教授 夫妻之间就这样把过去各种细微的不愉快事件翻旧账般翻出来，唯一的救药是把这种琐琐碎碎的事统统忘记。有一位哲学家曾说："要记得去忘记。"这是一句很聪明的劝告。每天有每天的问题。过去的事情现在已无法更改，我们必须生活在现在之中，而不要经常的去算旧账。我们还必须对我们的悲观主义者说："记着，不要总是期待出现最坏的事情。”假使可能的话，我们要合理地为将来打算，但不必预先设想各种还没有发生的灾难和忧愁，也不要为了明天和明天可能发生的事而悲伤……不会有明天，只有现在当下。丈夫们和妻子们，尝试活在当下。如果当下是快乐的，你的婚姻在今天也会快乐。不要期望太多。人生是日复一日度过的。

第七课　良好的礼貌

教授　各位女士，各位先生，今天我想再谈谈一些我们已经讨论过的问题，不过这次是就着夫妻之间的礼节这题目来谈。有许多男人和女人对待陌生人的礼貌十分周到，但对他们的配偶却毫不客气，不幸得很，这种人实在太多了。他们不肯承认，礼貌应该在家中开始，他们似乎以为："我何必费心？我已和一个人结了婚，对于这个人，我可以毫不做作，想到什么就说什么……这个人是我自身的一部分。假使婚姻并不表示全然的自由和亲密，那又何必结婚？"

这是一种严重的错误。比之两性之间的其他关系，婚姻能产生更多的忠诚和谅解，那是不错的。在任何爱情开始的时候，两个爱人为了要互相讨好，并不把他们真正的自己显露出来。相反的，当一对男女共同生活了几年，他们不久就会知道什么是好什么是坏，什么是真什么是假。

我们这一对年轻夫妻是一对正派人，值得得到爱情和尊敬，而大部分情况都是这样的。然而，他们是人，没有一个人是十全十美的。婚姻生活中的“透明性”是一个严重的问题。当妻子发现了丈夫的缺点和他真正的性格之后，她是不是应当对他说：“亲爱的，我要对你很坦白。你使我非常非常的失望，原因就是这样这样?”我不认为应该如此。一个丈夫在自己内心反省时所不能忍受的东西，怎能容忍他妻子来说？我们时时得听一些别人对于我们的真实意见，但提供这些意见的方式，必须不损害我们的自尊心，因为一个人如完全丧失了自信，那在精神上就会出毛病。

那么，我们怎样来处理这个问题呢？我认为，一个善良而聪明的女人应该这样做：她有批评丈夫的权利，而且常常有这种义务；但在批评的时候，总是应当混和着一点儿合理的称赞，这点称赞要足够使丈夫不致丧失自信。“使一个人瞧不起自己，那是一桩罪行。”每个人都需要有一点自己得意的地方，不管那是关于他的外貌、他吸引异性的能力、他的智力，或者他的社会地位。当真的必须坦白甚至批评对方的时候，一定要有绝妙技巧。受到损害的自尊心对于爱情是一种致命伤，我们会因此憎恨那些造成这种损害的人。夫妻之间在互相批评时，就应当像进行外科手术一样，必须极度的谨慎，而出发点是为了病人的好。有些结了婚的人，对配偶肆加责备，那就是卤莽地对爱情施手术，结果爱情只有被他开刀致死这一条路……你可以说这是诚实，但温柔和礼貌可以产生更好的效果……如果对丈夫过份的吹毛求疵，他不久就会去找另外一个欣赏他的人，而这种欣赏，是你所不肯给他的。（对着一个举手的女学生）嗯，小姐？

女学生 先生，关于这一点，我觉得你说得还不大清楚。我们同时既要把真相说出来，又要把真相隐瞒着，这怎么可能呢？在这里，你当然遭遇了所谓“另一自我”的问题，那就是存在主义者所假定的论据。沙特（Jean-Paul Sartre）宣称，“那些另一自我都是鬼怪”……如果我理解得不错，这所以是鬼怪，因为我们害怕别人心目中对我们的印象。但不管这种事实是如何难以忍受，唯一的解决办法是接受别人对我们的看法吗？一个妻子眼中所看出来的丈夫，不管如何恶劣，总比丈夫对他自己的想法更为真实——反过来也是这样。所以，宁可互相诚实而最后大家关系改善和彼此谅解，即使这是一种很艰苦的过程，你说对吗？我有许多已经结婚的朋友，他们认为这些家庭中的争吵是很有好处的风暴，对洁净空气是十分必要的。

教授 小姐，这完全是一个程度的问题。对于那些不肯真正认识自己的人，或许争吵一下是必要的。一场风暴可以使空气洁净，但如经常发生风暴，农作物一定不能丰收。在有些情形中，由于抱怨和责备令人丧失自信，只有使事情更糟……譬如说，嘲笑一个男人的性能力不强，那只有使他更加萎靡不振，因为沮丧的心理状态会阻挠自然的本能。如向丈夫埋怨他的事业不成功，他会胆怯而优柔寡断，他的失败只有更为长久。因此，即使在争吵的时候，你也应当知道怎样控制自己，知道怎样避免说那些不必要地伤害对方的话。

由于脾气的不同，相互之间的指责可以是很不公平的。或许，你不能了解，他怎么会在冰冷的大雨中坐三个钟头看一场足球比赛而觉得很高兴。但同样的，他也不懂你为什么要在星期天去听音乐会。为了将来的缘故，假使你能设法了解，即使在一场足球比赛之中，也有它的美和它的技巧，那就很好。同时，你的丈夫可以让你告诉他关于交响乐的一切、主题怎样展开、现代音乐的本质是什么。这样双方得到调和，决不要以为“不同”是“错”的。不要反对你配偶的兴趣，设法了解这些兴趣，如果可能的话，也参与其中并分享这些兴趣。

男学生 （非常热切，在女学生有机会说话之前马上抢着说）但是先生，当年轻夫妻们不得不住在很狭小的房子里，在这些时候，要达致这样子的互相调和是更为困难的，你认为对么？例如，我看了巴尔扎克的一部小说《两个新婚妇女的回忆录》(*Mémoires de Deux Jeunes Mariées*)，其中描写一对夫妻住在一所房子里，但每人有自己的马车、仆人和房间。他们极少会面，互相容忍是多么容易！今天，很多年轻的夫妻只有一两间房间，也没有佣人。在这种情况之下，一个懒惰或者脾气不好的配偶就成为一种威胁。我的朋友中就有这种情形……有些太太们非常专制，她们把所有的抽屉衣橱统统占领，她们的丈夫连衬衫和衣领也没有地方放。还有些女人打电话的习惯坏得不得了，别人根本没有机会和她丈夫通电话，而这个可怜的丈夫呢，在每一季末还不得不为了她的闲谈而付出一笔极高昂的电话费。

女学生们一齐叫了起来　但丈夫们……

教授　（敲桌子）女士们，先生们，咱们不要把这个变为一场男女之间的辩论，我请求你们。那正是咱们所必须避免的事。你们所有的意见都是有道理的，我只要再重复一遍，家庭生活能产生许多麻烦的日常问题。我相信，这些问题可以用幽默感和温情来解决，最重要的，是维持婚姻关系的坚定决心。这并不是说“我们能在一起吗？”的问题，而是要坚持“我们必须在一起，我们愿意在一起”，然后去设法寻求在一起的方法……这就回到了我们今天的题目上：婚姻生活中的良好礼貌。谈话是最重要的，在一对爱人之间，谈话是很容易的。史蒂文生曾说：“只有两个题目：我是我，你是你。”在结了婚几个月之后，夫妻都开始对对方的谈论自己感到了厌倦。而一对幸福的夫妻到那时候不会再专门互相谈论自己，而是永远谈不完的别人和各种事情。谈话变得惬意、亲切、愉快，就像家常小菜那样，菜式虽然简单，但是十分可口，味道精致，而不是像筵席上的菜式那样豪华而造作。在《斯万》（*Swann*）的第一部里，你们可以找到这类谈话的精彩例子，马塞尔（Marcel）父母的谈话，是这种幽默的、温柔的、聪明的家常谈话的例子。[①]

最重要的是，丈夫和妻子对于对方要特别的宽容。每个人心里都有一大套想法、小故事和往事的回忆，是配偶都很熟悉的。当丈夫第一百次叙述他在罗斯之战（The Battle of Loos）中干了些什么，或者他怎样遇到克里孟梭（Georges Clemenceau）[②]，他讲的时候如果感觉到他妻子听

---

① 斯万和马塞尔的父母都是《追忆似水年华》（*À la Recherche du Temps Perdu*）一书中的人物，这是二十世纪法国大小说家普鲁斯特的杰作，该书第一部有英文译本，叫做 *Swann's Way*。——译者按

② 克里孟梭，法国前总理。——编者注

得很烦厌，那他就会一声不响，而别人不久就会觉得他这个人没有趣味。如果妻子知道丈夫瞧不起她的想法，那么她也会缄默起来。丈夫（或妻子）决不可期望配偶所说的总是新东西，而应该期望，他所说的别人总是听得津津有味。他们在听对方说话的时候，要不会感到真正的或显然的厌倦，甚至要感到愉快。葛尔芒特公爵（Le Duc de Guermantes）[1]的例子你们或许记得吧，他天真地逗他太太讲一件趣事，这件事情他早已听得熟得不能再熟了，但他反而更加爱听，因为他知道这件趣事的内容，所以可以极有信心地等待别人听了之后的反应。至于那些糟糕的夫妻呢，他们却要破坏对方所讲的故事。你丈夫向人家讲一件你们二人共同经历的事，如果他把实际的事实夸张了一些，或者隐瞒了一些，你决不可表示有一点点的惊异。如果他的记性不大好，或者他想使这故事更有趣更耸人听闻，那有什么关系呢？他说得与事实不大符合，不管是为了什么原因，都不必去更正。你应当设法去了解，他在这个人面前为什么要这样说。假使他这样说是出于虚荣心，你只要自己心里好笑，不必说什么。对于一对夫妻之间的幸福，就像对于一个稳固的政府那样，团结一致是绝对必

① 葛尔芒特公爵也是《追忆似水年华》中的人物。——译者按

要的。

我今天在讲台上讲得太久了。我们还是用我们的老办法，来表演一些对话……菲立普第一次请他上司罗比勋夫妇来吃饭。对于他，这是一件很重要的事。他给这两位客人的印象，可能会决定他整个的将来。他知道玛丽丝相当不知轻重，所以事先特别嘱咐她一番。

女学生 干么呀？这是不统一的……玛丽丝一直似乎是一个很伶俐、很有教养的女人。

教授 小姐，我必须提醒你，就我们来说，玛丽丝既不是一个舞台上的角色，也不是一个真人。她只不过是一个女演员，用来扮演各种不同的角色，甚至是互相矛盾的角色。有时候她是一位模范太太，行动十分正确，另外的时候却恰恰相反……不管怎样，在这个特别的晚上，菲立普怕玛丽丝会说话不知轻重，因而破坏了他的前途……

★ ★ ★

菲 你听我说，亲爱的……在任何社交场合之前，我向来不大会向你提醒什么，这点你总同意吧，但今天晚上有点不同，这对于我们两个人关系十分重大……你说话请特别小心谨慎。

玛 （发火了）我说话向来小心谨慎的。

菲 不，并不见得。有时候你的话叫人一点也受不了，好像有什么恶鬼在作怪，你冒犯别人的说话，人家想也想不到。

玛 菲立普！你干么不说我是一个傻瓜，说我根本不可救药……

菲 你绝对不是傻瓜，亲爱的。你只不过有点儿异想天开，但我希望你的灵感向正确的道路发展。我的上司是一个爱面子、爱听奉承话的人。你记牢这一点。他听惯别人说："是，先生……没错，先生……"所以不要说和他意见相反的话。

玛 （好像在说一句格言）一位司长，或者任何有权力的人，如果不能忍受相反的意见，那是一种软弱的征象。

菲 说得十分精彩，我亲爱的。我会请你写在一本格言录里，但请你不要在今天晚上设法教育他。你不会有时间的……第二点：他自以为是一个思想进步的人，算是左翼吧，因为他不属于中产阶级，所以有点不开心。

玛 但菲立普，他太太是纽沁根（Nucingen）家族的人啊，有钱得不得了……上次我们到他家里吃饭，见到那样豪华的场面，可把我吓倒啦。

菲 你多么天真！你以为一个人的政治思想总和他嘴里说的是一致的。罗比勋先生的想法有点儿激进，可是你不用害怕。

玛 但我也是激进的呀，菲立普……比他激进得多呢。

菲 当然啦，我的爱人。危险就在这里……司长并不是真正的激进，因为他知道得非常清楚，如果来一次革命，他决不会仍旧当司长。他就爱这样说说……那就让他说吧……第三点：他和写字楼里所有的女书记调情，对他太太完全不忠，他太太心里是明明白白的。所以不要谈起不正经的丈夫，也不要谈到被蒙在鼓里的太太……第四点：不要使他以为我们生活过得很宽裕，否则他就会觉得加我薪水是没有必要的了。也不要显得我们非常寒蠢，因为这种人的阶级观念很强，他们总是喜欢和他们属同一等的人。

玛 （不耐烦了）你疯啦，菲立普！你要我同时又要装穷又要装富，这怎么可能？

菲 走绳索的人是怎样保持平衡的呢？杂技演员一点也不担心，他就是这样走来走去。道理是一样的……只要小心地走就是啦。六个月之后有一个高级职位的空缺，我希望能够升上去。但不管怎样，不要提到这件事！我故意在这件事之前很久便邀他们来吃饭，使他们不致疑心我这次请客和升职有什么关系……你懂吗？

玛 嗯，我懂的，但我相信罗比勋先生一定也懂的。可怜的菲立普，你的目标还在十万八千里之外呢!

门铃响了。临时请来的管家经过房间去开门，这个人是做门房的，暂时来帮一下忙。菲立普踱来踱去，装出一副漫不经意的神气。玛丽丝照着镜子在鼻子上扑粉。罗比勋夫妇趾高气扬地进来了。

司长 你们请我们来，真太客气了……我太太和我都不喜欢人多。我们都梦想能有一间像这样清清静静的公寓房子。

玛 啊，我希望你们不会有这种房子，这对你们是没有好处的!这房子太狭小了……街上声音吵闹得很，院子里老是传来煮菜的气味，又没有中央暖气。

菲 玛丽丝，说句公道话，这间房子也有它的好处。

玛 （眼中似乎要喷火了）你怎么能这样说？……你常常对我说，等你一升了职之后，我们马上就搬……（菲立普不安地咳嗽）你干么咳嗽，菲立普？你伤风了吗？……啊，不，他一定是在提醒我，叫我不可以向你提起他升职的事……我觉得这很孩子气……你知道得清楚，他想要升职，人人都是这样的。

司长 （大笑）当然啦，他会升职的，杜朗太太。当然他会升的……你丈夫是我们最能干的员工之一。他关于法国与南美洲之间经济关系的报告，是一件模范的作品……我自己到过南美，所以我特别感到兴趣……我第一次到阿根廷时，在海关上遇到的事我讲给你听过吗？

他微笑，自信将有一个有趣的故事可以讲了。

菲 （热切地期待的神色）没有，我从来没听你说过。

玛 但菲立普啊，你肯定记得？那个关于海关的故事我觉得真是了不起。我们到罗比勋先生家里吃饭的时候他讲过一次，六月里那个派对上他讲过一次，在凡尔赛拉埃克家里他又讲过一次……

罗比勋太太 （能逃过不再听一次这故事，十分高兴）你记性很好，杜朗太太……

司长 （不快）好得无以复加。

玛 是啊，幸亏这样，因为菲立普什么东西都不记得。真是教人难以相信。日子、数字，他什么都记不牢……

菲 （尴尬）一点也别相信，先生……

司长 （冷冷淡淡地）我并不想相信。在像我们这种机关里，假使记忆力不好那就麻烦了。

玛 （不折不挠地）菲立普，你真以为你的记性好？……那么，你告诉我们，司长和我爸爸是哪一年到理工学校去读书的……爸爸和你是那所学校的同学呢，罗比勋先生。

菲　我不知道，是一九一〇年吧？

玛　（胜利地）不……一九〇三年。你要知道，罗比勋先生在一九一〇年时已经二十多岁了……你瞧瞧他的相貌就知道了……他们毕业时的分数怎样？

菲　我完全不知道。

玛　真是的，菲立普！星期天晚上爸爸还谈起这件事。难道你忘记了？爸爸有好几门功课都比罗比勋先生好。

菲　（狂怒）虽然这样，司长的事业可比你爸爸好得多。

玛　（也发怒了）因为爸爸是为了爱情结婚的……

幸好，在这尴尬的时刻，那个临时雇来的管家进来说饭开好了。菲立普极度痛苦，尝尝放在他面前的那碟油腻而半冷不热的汤。他望望身旁的两位客人。罗比勋先生吃了一口之后就放下不吃了。

司长　你关于那些新厂的报告弄得怎样了，就弄好了吗？

菲　（竭尽全力向管家做手势，叫他拿酒上来）我很想快些弄好……我日日夜夜在搞。昨天我把关于北部的所有材料都整理好了。

玛 不是昨天，菲立普……昨天我们是去看电影的，看的是茹韦（Louis Jouvet）演的《情有独钟》(*Les Amoureux Sont Seuls au Monde*)。这部影片真好，罗比勋太太！那是讲一个结婚多年的老头子突然爱上了一个少女……菲立普，你干么又咳嗽……你也记得的，不是么？

菲 （脸红）嗯，那不错。昨天我稍为出去放松了一下……那是我开始搞这报告以来的第一次。实在我也真需要散一散心。我回来之后再工作时，精神就好得多。

玛 菲立普，当真？我们回来之后你又没再做工作……那时候干什么你是知道的……（她吃吃痴笑，站起来在他耳边低语，然后转向客人）晚上怎样我就不能对你们说了……虽然，夫妻之间怎么样，你和罗比勋太太当然是知道的……但他居然会忘记这种事情！……

★ ★ ★

教授 这场景到这里为止了，其中包含的意义是明显不过的了，你们一定以为这是过份夸张。你们或许以为，“玛丽丝决不会这样蠢！”我要提醒你们，就像莫里哀和费杜（Georges Feydeau）曾说，一个激动的或发怒的女人，几乎什么话都说得出，她决不用再顾及她的话会产生什么后果……在这里，我要回过来讲今天这一课的主题。对待丈夫（或妻子），至少应该像对朋友那样的谨慎，甚至要比对待陌生人更加谨慎。夫妻必须互相信任、互相尊敬。坦白是很好的事。是的，我们都假装喜欢坦白……但只有当那些坦率的人（他们是真正坦白的）声称他们爱我们原来的样子时……

第八课　十年之后

教授　任何一对夫妻可能造成的最危险的错误，是认为一段婚姻既已维持了十年之久，那就说明了它的巩固性，将来它会自行维持下去。其实在人与人的关系中，变化是在不断发生的。经过了十年，旧时的联系开始破裂，感情会慢慢磨损，就像一张旧地毡那样，从前的希望和抱负都消失了。在度蜜月的时候，玛丽丝曾确信，她那能干的丈夫的事业一定会成功。菲立普自己也这样以为。他认为那些职位比他高的人的才能都很平庸，极想取而代之。但在十年之后，他的上司仍旧是他的上司，他们似是永恒不灭的。菲立普年纪逐渐大起来了，他妻子对他的才能开始发生怀疑。在这时候，假使她是聪明的话，她就应当设法安慰他、鼓励他；因为如果她不知体贴而焦躁烦恼，那只有使他更加丧失自信。正如有人说，与旁人比较是很讨厌的事。在十年之后，与旁人比较是十分有害的，因为在这时，做妻子的很容易拿自己的生活来和她的朋友们比较。在下面这一场景中，玛丽丝所说的话都是不对的……

★ ★ ★

菲 怎么了，玛丽丝？……你好像心事重重。

玛 没有什么……我在想桑黛儿。

菲 今天下午你见到她了吗？他们的新房子怎么样？

玛 非常漂亮……她家窗子外面是树木和花园，阳光整天照进来。假使一个人每天醒来睁眼就看见一点儿阳光，生活可真多么不同。但这里，在我们这个又脏又黑的洞里……

菲 那未免夸张一点了，我们可是住在四层楼上。

玛 没错，但我们房间外面却是一个阴沉沉的院子……那就像睡在煤矿里面！当然，你是不在乎的。你一早就出去了，那时候窗帘还垂着。但我呢，住在这个墙壁开裂、油漆剥落的地方，对面那个老太婆天天从她肮脏的窗帘后面向我瞪眼，这真教人受不了……你假使看到桑黛儿家里的家具就好啦！她家到处都铺了地毡，我真爱极啦，还有些好看的古董家具……

菲 但你是不喜欢古董家具的，我的小东西。

玛 我所以这样说，因为我不想叫你心里不舒服，我知道你买不起真的古董家具……我必须承认，我不喜欢仿制品，我真恨我们这种仿制的路易十五的椅子。假使桑黛儿能把她的五斗柜送给我就好了……

菲　她干么要送给你呀？就算她送给你，你拿来又有什么用？我们所需要的家具这里都有了。

玛　没错，但这一切全是这样难看。你难道看不出来？当然啦，你什么也看不出来！这真教人吃惊；你生活在你自己的世界里，尽是些数字、计划和图表，你就是看不到普通男人和女人的真实世界……那天晚上在戏院里，你甚至没注意到桑黛儿戴了一个非常漂亮的新钻石别针。

菲　我干么要注意？我又不是矿物学家。我根本没拿珠宝放在心上。

玛　（*梦幻地*）那颗钻石至少有七八克拉……她丈夫一定很有钱。

菲　卢米里？他当然有钱。他在厄尔桥有几家大工厂……但你自己曾说，他使你厌烦得想哭。

玛　大部分男人都使我厌烦得想哭。假使眼泪是黄金的话，那至少还有一点价值。

菲　（*粗鲁地*）我倒不知道你想做达娜伊（Danaë）。[①]

玛　至少桑黛儿那件大衣，你一定是注意到了？

---

① 达娜伊是亚基夫的公主，被国王监禁在高塔上，大神宙斯化作金雨和她私通。——译者按

菲　没有……假使我没有记错，那么她穿的是一件同你一样的皮大衣。

玛　同我的一样！我亲爱的菲立普……她的真貂皮大衣是全新的，而我只是仍旧穿着我那件旧的小马皮大衣，那是我少女时代就开始穿的了……这件大衣许多地方都擦破磨光啦！

菲　没有人会注意到的。

玛　快别这样说啦！每个女人都注意到的。今天在桑黛儿家里，我真感到难为情……那倒还不是为我自己，更加是为了你。

菲　替我难为情？老天爷，那倒不必费心啦……如果你真的以为一件皮大衣，或者一颗钻石的光彩可以损害我的自尊心，可以使我感到难为情，那么你实在太不了解我啦！

玛　唉！我了解你太清楚了。我知道你执而不化，只想到自己。因为我重视我所住的房子、我的衣服、我所没有的珠宝，你就轻视我。嗯，我瞧不起你这种轻视。对于女人，家终究是她过活的地方。她的珠宝首饰标志着她激发的爱情和她选定的男人的成功……我并不是在埋怨你，菲立普，但直到现在为止，你并没有多大成功，这总是一个事实……在我们订婚的时候，天晓得你答应我怎样的一个前途呀！在你到南美旅行之后，你要成为他们的首席专家；再过两年，你就会当主任。现在怎么样呢？

菲 罗比勋先生把他女婿升上去做我上司，难道这也是我不好？

玛 我并不是这样说，不过你一定要知道，对于我，这也是非常失望的……今天晚上，你这种野蛮的伪君子态度逼得我不得不承认了。

菲 那我呢？难道你以为我不失望？在我们订婚的时候，你答允我许多很好的事情。你要在我生命中做我的伴侣，处处来帮助我。结果怎样呢？不管你怎样说，我的工作总是做得很好。科学院引述了我关于稀有金属的报告，那你是知道的。我关于合成物质的研究结果现在全世界都在采用。对于这些事情，你表示了一点点兴趣吗？从不。由于环境的关系，我在物质上的收入不大好，那是不得不这样的，于是你就以为我的事业一定失败了。但你错了，我的女孩，你对我失去信心，那只有在打击我。让我告诉你吧，如果桑黛儿对她丈夫的主顾，也像你对我的上司那样不知轻重，卢米里的事业决不会这样好。

玛 嗯，你的话我再听不下去啦！你的上司怎样对待我，你知道么？他们为什么要这样？我从来不告诉你这件事，因为我不愿意在你机关里引起纠纷，但既然你提出这件事来，那么我也不怕告诉你……

菲 住嘴，我知道你这话的意思，我可不是一个爱吃醋的丈夫。是对是错当然有个分别。聪明的女人可以有许多男性朋友，但不必让他们做情人。

玛 （恼怒，讽刺地）不过我不是那一种女人，是吗？桑黛儿就是了？

菲 或许是的。

玛 我懂你的意思啦……在我和你结婚的时候，嘉丽娜对我说你曾和桑黛儿相恋……那时候我不想相信……现在我懂啦，这个讨厌我的女人，为什么会这样常常邀请我们出去玩。

★ ★ ★

教授 这是一个重要关头，我让这一场到这里为止，因为它直接发展为下一场，那是同样危险重重的。这对杜朗夫妇现在已有两个孩子，他们在假期中到了海滨的一所别墅去，那是玛丽丝的父母借给他们的。桑黛儿和她丈夫卢米里驾车到意大利去，经过他们的别墅，停下来吃晚饭。菲立普对于这对夫妻的到来有点不高兴，因为他愈来愈喜欢清静。但玛丽丝的想法可不同，他们在巴黎一向住在一层阴暗的楼房，现在能在一所有一个吸引人的大花园的漂亮房子里招待桑黛儿一次，她感到很高兴。当天晚上过得很愉快。吃过晚饭，玛丽丝一点不顾可能发生的危险，竟对菲立普说……

★ ★ ★

玛 亲爱的，你应当带桑黛儿到下面平台上去，让她看看风景……

菲 （沉默了一会）咱们四个人都去吧。

玛 不！我们两对夫妻分一分开吧。

桑黛儿热切地站了起来。菲立普只好跟着，但在走出去的时候愤怒地望了玛丽丝一眼。

菲 小心，桑黛儿。这里很黑……转向左边。

桑黛儿（下称“桑”） 这样香，那是什么？

菲 那是橘子树和亭子上的野玫瑰。我们自己种的玫瑰也在变野了，真可惜……从这条小路走下去。

桑 你也变野过么，菲立普？现在我都没在外面遇到你了。

菲 我是这样忙……

桑 今天晚上总算单独见到你，那很好……我很喜欢你太太，但不管怎样，在你遇见她的很久之前，你和我就已是很要好的朋友了……你还记得吗？

菲 当然啦，桑黛儿……我怎么会忘记？

桑 你记得我们第一次出去跳舞吗？……你送我回

家。我爸爸妈妈已经睡了，我们到起坐间去。你一句话也不说，开了留声机，温柔地把我抱着，我们开始跳舞，跳得很慢很慢。

菲 那天晚上我吻了你一两次，是吗？

桑 一两次！……我们吻了一个多钟头！那真是美妙。那时候，你似乎是我梦想中的英雄。

菲 （叹息）我一定很使你失望。

桑 在大战的时候，我当然没失望。你很了不起。报上好几次提到你，每一次的内容我都记得清清楚楚的，现在我还记得。但当你和玛丽丝订了婚，嗯……老实说，我真是伤心。为什么不伤心呢？我是这样敬爱你，我想，只有一个不平凡的女人才配做你妻子。当我看到你选中这个女人时，我又惊讶又难受，她或许够漂亮了，但我在学校里和她做过同学，知道她是相当浅薄的……不只我这样想，所有你的朋友都感到奇怪。

菲 小心，桑黛儿！前面要跨过一条小沟，这就是平台……你瞧，下面就是海……那一点缀满灯光的地方就是摩纳哥。不要靠的太出去……桑黛儿！

为了拉住她，他不自觉地抱住了她的腰，她以惊人的速度转过身来吻他的嘴。

桑 我忍不住了，菲立普。我是这样想吻你……你吃了一惊，是么？我相信你在过去十年中一定是一个很忠诚的好丈夫。

菲 忠诚得不得了……半点儿毛病也没有。

桑 我真没想到……虽然这样，你仍旧感到幸福？

菲 非常幸福。

桑 那么这是再好不过的了，我亲爱的菲立普。我感到奇怪的是，你表面上看来并不幸福。吃晚饭的时候我在注意你，你对玛丽丝似乎很不耐烦、很急躁……我相信她一定不了解你，不重视你的事业和你工作的重要性。我丈夫有一两次想和你谈到你的工作，但玛丽丝总是打断了话头！……其实她应该以有你这样一个丈夫而感到光荣。

菲 这倒不是光荣不光荣的问题。我的工作没有什么不好，可以说是很好。只是因为玛丽丝对我这种性质的工作不感兴趣……她性格中艺术的气息比较重……她对她的家和衣服更有兴趣……我们不大有钱，她的衣服就想法子都自己来做，再加上还要照管孩子，她也够忙的啦。

桑 （叫起来）玛丽丝的衣服都是自己做的！玛丽丝的品味这样高……你真的会相信，真是荒唐！你太谦逊了，菲立普。我从小就认识玛丽丝，那时候她的品味比今日要低得多呢。她那件结婚礼服真是糟透啦，是你才使得她显得如此优雅大方的。我承认她今晚这套衣服很漂亮，但那是夏帕瑞丽（Schiaparelli）[1]做的。

菲 你错了，桑黛儿……这套衣服是她自己做的，不过是抄了夏帕瑞丽一件衣服的式样罢了，那是她从嘉丽娜那里借来的。你自己去问她好了。

桑 菲立普，别以为我会相信这个故事……这件衣服的裁剪这样精致完美……任何一件抄袭品都不可能有这样漂亮的线条……衣服是不是玛丽丝自己做的，那没有关系……既然你这样说，玛丽丝的话总不会错。

菲 当然我的话是对的，理由很简单，根本她不得不自己做。我重复一遍：我太太买不起那种考究的衣服。

桑 那么，菲立普，我们就当这是个奇迹吧……我可以同意……我个人是一向很喜欢玛丽丝的……我总是不懂，为什么人家不喜欢她。

菲 人家不喜欢她？

桑 他们恨她……难道你不知道？

菲 为什么恨她？

桑 啊！总是为了同样的原因：她浅薄、自私，对女人们说假话，向所有的男人卖弄风情……而且她什么都不知轻重……我总是为她辩护。我们在学校里一起念书的时

① 夏帕瑞丽乃法国高级时装品牌。——编者注

候，我就常常对别的同学说："玛丽丝这个人其实比她所表现出来的好……"唯一我难以原谅她的事，是她嫁给了你，和……

菲 和什么？

桑 啊，没有什么！我们回去了，好么？

菲 等一会儿，桑黛儿。你开了这种暗示性的话头而不把话说完，那是不可以的——人家说什么？……说玛丽丝对我不忠，是不是？

桑 你真的要知道，菲立普？

菲 我当然要知道。

桑 我还以为你早就听人家说过了，不过不放在心上而已。而且，有些事情表面上看来好像是这样，实际上也不见得就是这么一回事……我总希望玛丽丝的情形也是这样……你怎么啦？

菲 没什么，我觉得很冷。

桑 把你的手给我……老天，你冻僵啦！你也来披我这块披肩好么？来这里……我们不能永远这样很亲密的在一起生活，想想真是难受……你有时也感到遗憾么，菲立普？

菲 你教我怎样回答好呢？……你呢，桑黛儿，你幸福不幸福？

桑 很幸福……就像你一样，菲立普……但在我心底深处，我有一种失望的感觉……我们是在上山了，是吗？你听着，我想对你很坦白。在你订了婚那时候，我只想死……我已经熬过来了，现在日子比较好过了。我有一个完美的丈夫和可爱的孩子。我靠他们来抚慰我。你呢？

菲 你误解我了，桑黛儿。我没有感到不幸的理由。对于玛丽丝，我仍旧满心的温情。温情这个字眼或许是用得太轻，我仍旧非常爱她……我们结婚的最初两年互相热爱，但现在，在十年之后……

桑 在十年之后，你们心中怀着感情而互相了解、互相容忍，是么？嗯，或许是这样……但其中缺少神秘和浪漫，而我很清楚知道，你是很罗曼蒂克的，菲立普……

菲 你知道得太多啦。

桑 可别忘记我曾经爱过你，那就是我了解你这样清楚的原因。你扶着我，这条路真陡……啊！那股迷人的香气又来了……我们一定回到这亭子边来了。停一会儿，菲立普。我爬了山之后气都喘不过来啦。

菲 你上山的时候话说得太多了。

桑 不错，你摸摸我的心看……我的心跳得真厉害。来，你用我的手帕擦擦你的嘴，只要有一点点唇膏的痕迹，女人们马上就会注意到……如果你不是这样的一个模范丈夫，那么这点你在很久以前就知道了。把你左面的肩膀拭一下，上面可能有我脸上的粉……行了……我们准备好了，可以再去和丈夫太太在一起啦……玛丽丝，我的甜心，你的花园真美！……而你的丈夫又多么可爱！

玛　我的花园和丈夫你都喜欢，是吗？亲爱的，我很高兴。

钟声。

第九课　重大冲突

教授　各位女士，各位先生，安娜·德·诺亚依（Anna de Noailles）曾说："一桩爱情如果老是过得平平稳稳，那或许是一桩十分枯燥无味的爱情……"这听上去可能是一句相当悲观的话，但事实上，没有一桩爱情能永远完美的，不管这爱情是多么成功。即使是最美丽的夏天，也有它的风暴。在婚姻中，这些风暴的危险性或许比普通恋人之间的要小一些。婚礼中的誓言常常使一对夫妻不致去做这些傻事。孩子们需要照料和慈爱，那就够母亲们忙了，也增强了婚姻关系。但就如普通的爱情那样，婚姻中也是有危险的。在长时期的婚姻生活中，夫妻分别一段时期是免不了的，这种分别之中就包含有诱惑。但在这种情形下，我们不可向种种冲动屈服，而应当设法予以克服，从而巩固婚姻。这一点怎样做到呢？主要是增强夫妻之间的感情。婚姻中的相互亲密决不可被视为是理所当然的事。这一点并不容易，但我们可以在卖弄风情和正经刻板之间走一条中庸之道，而一个聪明的妻子是可以做到这一点的。不过，即使是互相热爱、最为忠诚的夫妻，也可能受环境和某些偶然事件的影响。一个抱有决心的女人的各种手段，就让大部分男人感到难以抗拒，如果时间和机会允许，许多男人就会屈服。当然，我们希望他们对妻子忠诚，但万一他们向这种诱惑投降了，如何收拾这种局面就有对的和错的两种办法。举一个例吧，我们假定菲立普因为职务上的关系被派到国外，并有了短短的一段情史。他内心其实是一个好丈夫，因此在这件事上良心很受责备。这是一种很危险的情况，因为他感到悔恨，于是对妻子拼命讨好，玛丽丝本来是毫不疑心的，这时却突然感到极大的怀疑。下面这个场景是错误的处理。

布景：晚上，一间房里。两张椅子。菲立普在看书，突然抬起头来望着火炉。虽然他鬓边已开始灰白了，但模样还是和以前一样。玛丽丝稍稍胖了一点，但这对她很合适……

菲　你今天晚上真漂亮，玛丽丝！

玛　你怎么啦，菲立普？我和平常一模一样……只是我的头发很难看。那个新来的理发师把我烫的头发弄糟啦。

沉默。火炉中轻轻地噼啪作响。下面街上有汽车的声音。

菲　你觉得幸福么，玛丽丝？

玛　幸福？多古怪的一个问题，菲立普！……我当然幸福。

菲　有时候我觉得，你根本没有得到你所喜欢的生活。我觉得我只注意到自己的兴趣而忽视了你的爱好，你如果嫁给一位艺术家或者这一类的人，恐怕要好得多了。我刚认识你时，你非常喜欢音乐。现在我们几乎难得听到音乐……可能这是我的不好。我想到了……咱们明天晚上去听那个你非常想去的音乐会好吗？

玛　明天？……但是票子很久以前已卖完了。

菲　在代理商那里，或者大旅馆里，总可以弄到票子的。

玛　多好的主意呀，菲立普！……那我们可要破产啦。你自己说，你这次到斯堪地那维亚（Scandinavia）去出差之后，现在还觉得筋疲力尽呢。又没有人给我照管孩子……不管怎样，我可以在收音机里非常清楚的听到这个音乐会。

菲　那就照你的意思做吧……我是一番好意，不过这片好心似乎没有得到什么成绩。你听我说，昨天晚上当我睡不着的时候……

玛 你干么睡不着？……你不舒服么？……

菲 不，一点也没有，不过我是在想……我对自己说：“可怜的玛丽丝！好几年来她总是想到罗马去，而我总是不答允，主要都是我自私自利，因为我喜欢奥弗涅(Auvergne)[①]，觉得那地方对我身体有益。我自己想，今年夏天我一定要带她去真正的旅行一次……”事实上，请妈妈给我们带一个月孩子是非常容易的……

玛 （叹气）不，那并不容易……你妈妈年纪愈来愈大了，孩子们的吵闹很教她心烦……而且，你也说过的，旅费多得不得了。你知道的，这样子的假期我们过不起。

菲 我来告诉你一个秘密：我留着一点儿钱……那是我为了电极所做的工作而分到的花红。

玛 我就是不懂……我们已准备好了，就像往年一样到奥弗涅去，那对你健康是有好处的。我们已订好了房间，什么都安排好了……为什么要改变呢？

菲 就是为了要让你高兴，我的宝贝。

玛 这是很久很久以来第一次你叫我“我的宝贝”……我好像又年轻了。

---

① 奥弗涅乃法国热门的温泉区。——编者注

菲　你本来就很年轻……不，说正经的，过去三年中，我总是把你拖到那个枯燥的温泉区去，你都要腻烦死啦……这一次你不必再忍受这种没有趣味的地方了，这才合理。

玛　我知道的，回来后你整个冬天都会抱怨你身上的病痛。

菲　我不会抱怨的，亲爱的，我向你保证……只要你真正幸福就是了。

玛　为什么说真正幸福？今天晚上你到底怎么啦？你疯了……还是身体不舒服？……是怎么一回事呀？

门铃响。

玛　我去开门。呀！菲立普，这一篮花真是漂亮透啦……但今天不是我生日，也不是我们的结婚纪念日……会是谁送来的呢？你想会不会是你的司长，因为他到我们家里来吃过饭？不，罗比勋先生到我们家里吃饭那是在……又没有卡片，真古怪，是么？

菲　你猜不出么？

玛　猜不出，你呢？

菲　我用不着猜，我知道。

玛　难道这是你送的？……你在冬天送我这样贵重的花，而且没有任何原因？（突然哭了出来）啊！菲立普，你是曾对我不忠啦!

★　　　★　　　★

教授　各位先生，你们一定了解，这位丈夫的做法为什么是不对的。现在我要表示给你们看，一对有头脑的夫妻应当怎样对付这个同样的局势，他们用不到哭闹争吵，只须坦白和运用常识来处理。同样的布景，同样的椅子，同样的一对在看书的夫妻……但这一次是玛丽丝先抬起头来采取第一步行动。

★　　　★　　　★

玛　菲立普，我遇见了桑黛儿，在你到瑞典之后几天，她和她丈夫也到那边去了……她告诉我的事是极有趣味的。

菲　说的是谁?

玛　是你呀。女人的脾气你是知道的。如果她们有机会说说一个朋友的闲话，她们总要利用一下……她告诉我，你把波多黎各代表团里一个美丽的女人搞上了手，你和她怎样在海滨度周末，又说这件事各国大使馆里的人都知道了。她假装以为我早已知道了。她又顺便说了一句话，说你的功夫真是了不起，说我应当为此而感到光荣!

菲　真是一只母狗!桑黛儿一向在妒忌你……我希望你一句话也不会相信，是么?

玛　别想抵赖啦。桑黛儿是一只母狗，但她碰巧说了真话。还有其他人证实了这件事，你自己的行径也是另一个证明……你回来之后，行为一直很怪。你谈到瑞典时的态度是这样热切；你在吃早饭的时候问邮差来过没有，显然心中很是焦急；你就像一个大学生那样幼稚。不，别再想抵赖啦……相反的，你把这一切都告诉我吧，我就不会这样难受了。

菲　你或许不会呢……

玛　但我是要听呀……我知道的，在妒忌之中，到底最不好的是什么东西呢？那就是你觉得自己被人抛弃不理了。妒忌只是一种有毒的好奇心而已……如果你把我当成一个好朋友，把这件事坦白地说出来，我就不会再担心了。

菲　很好，那我就说吧。没错，有这么一回事……我在那边确曾和一个女人在一起，不过时间很短。我没有办法，玛丽丝，她非常美丽，她整个儿扑在我身上。随便哪一个男人身处我的位置，都无法抵抗她。

玛　啊！菲立普！我真恨！这件事结束了没有？你还写信给她么？

菲　她写了很多信给我……我回了三四封，但我可以发誓，这件事已经完结了。

玛 她叫什么名字？

菲 那有什么关系？你又不认识她。

玛 我什么都要知道，甚至她的名字……我真的要知道，菲立普。

菲 很好，她叫做桃罗莱……桃罗莱·嘉西亚……在那边，她的朋友们都叫她罗拉。

玛 桃罗莱……这名字很漂亮。你是不是叫她罗拉？

菲 是的……不是……我记不起啦。

玛 什么？你记不起？

菲 记不起了。凭良心说，我已不把她放在心上了。对于我，这只不过是我旅途中的一件偶然事件，并没什么重要……虽然有过这件事，但我仍旧爱你，玛丽丝。我从来没有停止过爱你。

玛 别这样说……她怎样呢？你爱过她没有？

菲 或许，暂时的爱一下，但和我爱你不同。她只不过是一场梦，你却是我的真正生命。

玛 你有没有想到过，我也要做你的梦？……我曾经希望是你的一切，菲立普，就像你是我的一切那样。

菲 那就做我的梦吧，亲爱的……这完全由你决定。在这件事情上，我们两个人都是有错的，虽然表面上似乎并不是这样……没错，我知道，看上去好像只有我才有错，但这并不完全对……我们的错误是把我们的爱情当做是理所当然的事。你自己坦白地想一下吧。在过去两三年中，你有没有像过去那样设法讨我喜欢呢？没有，你知道得很清楚，你没有。你的品位很高，脸孔很漂亮，我一向对此引以为荣。看着你在一群女人之中，我心中快乐的这样想："我的太太比其他的女人都动人得多……"但为了某些原因……你现在一点也不注意自己了。今天你的头发真是难看得要命……我这样说很抱歉，但事实如此。

玛 我是想省钱。到理发店去一次太花费了……我头发剪得这样短就是为了这个原因。我也不喜欢这样子。我知道这和我的脸型不配，而且也不流行了，但我是为了你才这样做呀。你自己说，我们的用度很不宽裕……孩子们又要做新衣了，这点可别忘记……他们总是在长高。

菲 那完全没错，甜心，但一个沉浸在爱情中的女人可以创造奇迹。

玛 什么奇迹？你当然不会希望一个女人为了弄钱来打扮以讨丈夫的欢喜，而对她所崇拜的丈夫不忠吧？

菲 当然不希望，不过我愿意她了解，婚姻中的幸福需要在一生之中不断予以补充营养，增强它的力量，否则它就会慢慢衰退。玛丽丝，我们来增强我们的幸福，好么？……只要你说好，我是非常愿意的。

玛　那桃罗莱又怎样呢？

菲　我对桃罗莱很厌烦。

玛　菲立普，对于一个你曾经爱过的女人，不要用这种口气说话。如果你要我原谅你，那我必须相信你对她确曾有过真正的爱情才成。

菲　那是一时之间的发疯。咱们忘了这件事吧。不，还是不要忘记的好，这件事是对于我们二人的一个教训。

玛　这就像那个“两只鸽子”的寓言：“一只鸽子在窝里住厌了，就飞了出去……”以后，我如听到人家讲到这故事，我就会难过得想哭。

菲　哭是没有什么用的……这只会把你脸上的化妆弄坏。不，让我们正视事实。以后我们一定要避免长期的到国外去旅行，要去也是两个人一起去。亲爱的，我知道你这两年来一直想到威尼斯去。到那边去过一个假期怎么样？就只是我们两个人，就像别的一对对的爱人那样。你说好不好？

玛　现在我不能回答你……这件事使我难过得要命，我定不下心来。

菲　你不必回答。我知道你的意思……啊！玛丽丝，我们以后会非常幸福，比我们过去更幸福。你记得“两只鸽子”那故事里的话么：“它们哀伤的故事有了一个快乐的结局……”一场暴风雨之后，空气总是更加干净。我们也是这样。

玛 （仍有点犹豫，但为所动）不错，或许是这样。

★ ★ ★

教授 这样，我们这对夫妻的感情是更加好了，婚姻得到了巩固。在以后的几个月中，桃罗莱常常如鬼魅般在他们睡梦中和谈话中出现，但不久就消失了。菲立普先忘记她，所以在这个小小的戏剧之后的两三年，我们或许可以想像会有以下的场景发生。

★ ★ ★

玛 菲立普，昨天晚上音乐会休息的时候，在走廊上走过我们身旁的那个女人你注意到了么？……那个女人跟桑黛儿和卢米里在一起的。

菲 没注意到，干么呀？

玛 难道你不认识她啦？

菲 不认识……我应当认识她？

玛 啊！菲立普……你一度曾经非常非常爱这女人。

菲 在这世界上，除了你之外，难道还有谁是我非常非常之爱的？

玛 你记性真糟……桃罗莱呀？

菲 哪一个桃罗莱？

玛 哪一个桃罗莱？难道你忘记了嘉西亚小姐……桃罗莱……罗拉……萝莉塔……

菲 啊！当然记得……不，凭良心说，我没有认出她来。我心里所想的真的距离她有十万八千里呢……但你怎么知道是她？你从来没见过她。

玛 我见过她的。我在桑黛儿家里见过她，那是在你从瑞典回来的几个月之后。桑黛儿的心坏得不得了，她故意把我们两个人凑在一起，在我们好几位共同的朋友面前演出这个不愉快的场面。

菲 那真是残忍。

玛 她用心是这样，但我非常镇静。我知道桑黛儿非常希望我们演出一件很戏剧性的事来！但在别的客人面前，我什么话也不说。当桃罗莱离开桑黛儿家里的时候，我设法送她回到她住的旅馆里去……在路上，我告诉她，对于那些破坏别人婚姻的女人，我有什么感想。

菲 这件事你从来没对我说过。

玛 我一点也不希望你再想到这个美丽的人儿……因为她是非常美丽的。

菲 她发脾气了么？

玛 一点也没有。她写了许多信给我，我们成为很好的朋友……所以我明天请她来吃中饭，因为我知道她现在是在巴黎。

菲 啊！看老天面上，别再理她啦！我不愿意再见她。假使她来，我出去吃中饭。

玛 那就显得你是在避开她……你怕什么？

菲 怕是没有什么怕……但这个女人曾一度使你非常难受，你又为什么要请她来吃饭呢？

玛 在非常困难的渡过了一条河之后，重新踏上干燥的陆地，那是非常之快乐的……我看到萝莉塔之后，就会想到我曾经所感到过的剧烈痛苦，使我更加珍爱我目前的安全感。而且，我很喜欢你这个女朋友……我知道你所找的是一个很美丽的女人……但你还是喜欢我……这使我很高兴。

菲 玛丽丝，你知道这次会面会使我非常狼狈。这一定会使我的胃痛得更厉害。别让我吃这次苦头吧……难道你一定要我为了你的缘故而再和嘉西亚小姐会面吗？

玛 我要这样，菲立普。

★ ★ ★

教授 这就是婚姻的胜利。

钟声。

第十课　勾引

教授　各位女士，各位先生——我在上一课里写了那不忠的丈夫。今天我们要讨论到妻子的不检点。假使她很动人（我们假定是这样吧），那么登徒子就会向她纠缠不清。登徒子这个名词你们听来当然是太古老了。我想，称他为“色狼”是更为时髦。在十八世纪时，勾引者是卡萨诺瓦（Giacomo Casanova）或者瓦尔蒙（Vicomte de Valmont），那是一个残忍的、喜新弃旧的情人，不断摧残天真的少女。二十世纪的女人知识是丰富得多了，她们更会照顾自己，所以罪恶性的勾引或强奸是少起来了。但仍旧有一些职业化的勾引者，他们害了一个可怜的女人之后又去害第二个。这种男人为什么会具有危险性，他们的特性是值得研究一下的。使女人受到引诱的，通常是力量的表现。之所以是这样，因为千百年来，女人总是靠男人保护。在现代，女人所钦羡的这种力量有许多不同的形式。

明星足球员在爱好运动的女人中会得到胜利，而优秀的演奏家可以吸引爱音乐的女人的心。每个在他自己工作上有杰出成就的男人都有他的机会。政客、银行家、外科医生、作家、演员或网球冠军，都可能成为勾引者。这些人中谁最能得到成功？那就要看女人和她们所生长的时代而定。在战时，打了胜仗的将军、突击队的队长、得到勋章的轰炸机驾驶员占有最优越的地位。在革命运动中，党员、政委或独裁者本身是女人最理想的对象。在普通社会里①，出身和金钱都有很大的力量。在文化的圈子里，诗人、作家和艺术家拥有许多五体投地崇拜他们的女人。拜伦、夏多布里昂、缪塞、李斯特、华格纳这些人，终生都在和女人纠缠不清。在亚那托尔·法朗士（Anatole France）六十八岁的时候，还有一个美国少女为了他而自杀。加勃里爱尔·邓南遮（Gabriele D'Annunzio）面貌之丑陋，适如他口才之便给，但一直到死都有许多女人委身于他。②

勾引者的身材如何也要看他所勾引的是什么女人而定。强壮而母性强烈的女人并不需要力量，她反而被软弱

① 当指资本主义社会及在其以前的各个社会。——译者按

② 李斯特和华格纳是作曲家，拜伦、夏多布里昂、缪塞、法朗士、邓南遮都是作家及诗人。——译者按

所吸引。举例说，乔治·桑（George Sand）只喜欢比她年轻、病态、需要保护的男人。今天的女性比起她们的祖母，在生活上的装备是好得多了，她们在经济上得到了独立，在运动中得到了健康的训练。她们并不需要身体上的或经济上的保护。因此，她们在选择男人的时候，并不再重视强壮的体力。在今天的电影里，你们很少看到勾引者是一个臂力惊人、满胸是毛的人猿泰山型的人物。像谢勒·菲立普（Gérard Philippe）那一类人，看上去脆弱、冷淡、聪明，似乎对五十年代的女人最有吸引力。在美国电影里我们可以看到，那种古怪笨拙、不修边幅的男人，比有地位的银行家或工厂老板更受女人欢迎。这是因为现代的女人对生活感到腻烦，她们要求的是娱乐而不是被保护。但不论在什么时代，不论对付哪一种女人，勾引者最需要的是厚颜无耻。一个女人对于热烈而坚决地追求她的男人，最容易屈服。现在已很少有什么男人认为勾引女人是他们生活中的主要目标。然而，还是有许多女人需要有一个爱慕她们的男人，以便满足自己的虚荣心，而另外有一些女人则不可自拔地沉溺在自己罗曼蒂克的感情里。勾引者完全清楚应当怎样去填满她们空虚的生活。他有一种偷情的技术，这使女人们几乎无法抗拒他。比起其他任何一种游戏或比赛，在爱情中，声威确实更保证让你得到胜利和成功。关键在于第一次的成功。他一得到了唐璜的名声之后，有些女人常常不等他发动攻势就已经向他屈服了。“假使别人都向他屈服了，我为什么不可以？……”她们似乎都是这样想。唐璜的第一个情妇可能是他费心挑选过的；在此之后，是别的女人来选择他了。拜伦善于勾引女人的名声是众所周知的。只要他对一位朋友的太太表示适当的尊敬，而不向她表达情愫，这位太太就永远不会原谅他。①

我现在要给你们看看，玛丽丝怎样受到一个职业勾引者的引诱，这个人名叫迪克·马拿加，那时候她对菲立普的爱情正在减退，或者是她自以为在减退。这件事发生在某天晚上的法国喜剧剧院中，那时剧院里正在上演贝克（Henry Becque）所作的《巴黎人》（*La Parisienne*）。马拿加坐在包厢中，以一种批评性的眼光在巡视观众。他黑色的鬓发上已出现了斑白，他嘴角与眼角已有皱纹，但他一张脸看上去仍旧黝黑而健康。事实上，马拿加对女人仍旧很有吸引力，他仍旧不断地在拈花惹草。如果被这位鉴赏家选中，那么一个女人的自尊心就可以得到极大的满足。如果她过去在肉体之爱上一向感到失望，那么她想这样一

① 这位教授上面这段话，在西方的社会中可能是真实的，但中国人一般的观念则完全不同。——译者按

位专家一定会给她前所未知的愉快。总而言之，这位年纪已经不小了的马拿加仍旧保持着他的声誉。这时候，他的注意力集中在某一个包厢里。然后他很性急的回过头来和他的同伴、汽车设计家亚尔伯达·拉埃克说话……

★　　　　★　　　　★

马拿加（下称“马”）（非常激动）嗯，拉埃克，那个女人是谁？

拉埃克（下称“拉”） 哪一个女人？

马 这里只有这个女人才有价值……那个脸上带着愁容的金发女人，在那边……穿蓝衣服的……坐在伯特兰·施密特隔壁那包厢里的。

拉 啊！那是菲立普·杜朗的太太。菲立普是在工程部做事的……非常能干的工程师。事实上，罗吉·马丁常建议我请他来做帮手……但之后没有下文，我不知道是什么原因。

马 （仔细端详菲立普）他相貌不坏……脸生得好……但下颌太瘦削……可能不大会得女人的欢心。

拉 你的话可怪啦……一个能干的工程师为什么同时又要是一个得女人欢心的人？

马 他不得女人欢心我很高兴……拉埃克，在休息的时候你得替我介绍这位太太。

拉 介绍是可以的……但你只不过浪费时间……她是一个正派女人……资产阶级的气息很重，规矩得很。

马 （断然地）那有什么关系？资产阶级是一个快死亡的阶级，他们的规矩早已不发生什么作用。我对你说，拉埃克……只要你用心，没有一个女人是不能弄到手的，有的只是没有人追求的女人。

拉 瞎说八道！你的自高自大真是荒谬绝伦；但虽然这样，你这样瞎搞我倒觉得很有趣。很好，我可以给你介绍。

马 你必须向她解释我是怎样的一个人……

拉 好，这点你不必担心。我会把受你欺骗过的无数女人的名字都列举出来……我要告诉她，你怎样弄得那可怜的少女彭森发了疯……那意大利公主怎样自杀，以及你的一切风流艳史。

喜剧院中的灯光暗了下来。钟敲了三下，戏院中没有声音了。

布景改为玛丽丝的起坐间。这间房间并不是很漂亮的，我们早已知道了，但这一天，因为房里堆满了鲜花，显得特别的光彩。雕花的茶桌上有一盆红玫瑰，仿摄政期式样的壁炉架上有两瓶兰花，窗槛上有一束野花，房间的另一角里又有一篮玫瑰。嘉丽娜和玛丽丝一起坐在沙发上，看到这许多花不胜惊讶。

嘉丽娜（下称“嘉”） 我就是没法子相信，玛丽丝！一个你也不大认识的男人真会送这许多花给你？

玛 （很骄傲，但也有点不好意思）是的，那是一天晚上我在剧院里遇到的一个人……我只在休息的时候和他会面了十分钟……但在演戏的时候，他老是目不转睛地瞧我……一直到戏散场，我感觉到他的眼睛始终没离开过我。

嘉 这就是那声名狼藉的马拿加么？

玛 是的，迪克·马拿加……是拉埃克给我介绍的，他对菲立普是很重视的。但马拿加是真的这样声名狼藉么？

嘉 你可别假装什么都不知道啦。马拿加这些风流艳史我听人说过，你也都听见过。你知道他曾和数不清的女人发生过关系……女演员、上流女人，以及许多外国的女名人。亲爱的，你难道忘记了，玛蒂纳·彭森和毕姆碧诺公主甚至为他而自杀……现在他是在追求你了。亲爱的，你运气真好。

玛 他不来追求，我反而高兴得多啦……上个星期我的生活是怎样过的，你真是猜也别想猜到。整天门铃响，每次总是花店里又送了花来。昨天，他送了我一大瓶香水，是我最喜欢的那一种。这简直不成话啦。你想菲立普会怎样想？

嘉　是啊。菲立普怎样呢？

玛　他大发脾气，他要我把花都送回去。但我怎么能？……最初送来的花我接受了，接受了一次之后，要发脾气是不成了……更糟的是，这个人一天打十次电话给我……他知道菲立普什么时候上班……我亲爱的，他在电话里说的话可就……

嘉　他说的是些什么话？

玛　我简直不敢对你说……他说他从来没见过我这样完美的女人，说他不断地想起我的脸，说他现在一看到其他的女人就感到不耐烦……总而言之，他要再见我一次。只要他能单独和我相会，他说他就会使我相信，他是在深受情感的折磨……还有许多更热情的话，我不愿说给你听（叹息）……不过这些话很美妙，没有一个男人曾这样对我说过。

嘉　你想他的话是有诚意的么？

玛丽丝手一挥，向那些鲜花一指，好像表示这些花已足够证明。这时门铃响了。

玛　你瞧，又是他……范莉斯都要被他搞疯啦。

过了一会儿，女仆进来，有点儿犹豫，有点儿开玩笑。

范莉斯（下称“范”） 又是送给你的一个包裹，太太！

玛丽丝向嘉丽娜望了一眼，毫无办法地耸耸肩，拿起那只盖有火漆印的小盒。范莉斯出去了。

玛 （打开了小盒）啊，嘉丽娜，你瞧这个！

红盒上印有一家著名珠宝店的店号，里面是一个美丽的别针——一枝花的样子，许多红宝石、青玉和绿宝石镶在精致的白金花干上。

嘉 （吓呆了）多漂亮啊！我从来没见过这样可爱的东西。

玛 （深受感动）这非常美丽，是么？那正是我一向所想要的东西……（愁闷地）我是永远不会有的。

嘉 你这话是什么意思？你现在已经有啦，我的小东西。

玛 是的，但我一定得退回去……这次他未免太过份了……你想，假使我接受了这样的礼物，我怎么能拒绝见他？

嘉 你为什么不可以见他？你在这里接待他并没有什么不好，范莉斯是在家里呀……你也请过别的男性朋友到家里来，菲立普一点都没反对。

玛 那当然，不过那些是老朋友。这个人哪，却像一头饿鹰那样扑向我们……而且，我也不能信任自己……当他和我说话的时候，我就像是一只受了催眠的可怜的野兽。今天上午的电话……

嘉 你为什么不把电话挂断？

玛 那只有更糟……他不断地打过来……结果我不得不去接听，因为范莉斯被搞得头昏脑胀了……她不懂到底是怎么一回事，这也难怪她！

嘉 菲立普不久又会到外国去么？星期天他曾和我们谈起他的一些秘密合同。

玛 是的，下星期他要和他上司一起到里昂去五天。

嘉 那就是你请马拿加到家里来的机会。

玛 啊！但不要在菲立普不在家的时候……

嘉 我亲爱的，我就是不能了解你……你难道真的要他在这里？老实说，如果我是你，我就知道自己心里的情感……这个男人显然是对你着了迷……（她拿起盒子，仔细观察那只别针）老天爷，这真美极啦！这几朵花就像真花那样好看……难道你真的要退回去？

玛 当然啦。但我要等到明天……今天晚上我们要出去吃饭。我想戴它一次，让桑黛儿吓一大跳。你想像一下，她看见这只别针的时候会有什么表情！

嘉 不过这不大好……菲立普会怎样说？

玛 菲立普？我亲爱的，他甚至看也不会看。他向来不注意珠宝首饰……他连真的钻石和便宜的玻璃饰物也分不清楚。

嘉 或许是这样，但假使桑黛儿注意到了……那她一定会抓住这机会，很狡猾的使菲立普大起疑心。

玛 啊，嗯，我会对菲立普说这是玻璃做的，并不是真的宝石，我说桑黛儿就是爱瞎说八道……

嘉 他会相信么？

玛 （骄傲地）菲立普对我是绝对信任的，我随便说什么话他都完全相信。

嘉 我亲爱的，你真了不起。

几天之后，玛丽丝在她那阴暗的家里等候马拿加的到来。她很激动，颇有点紧张。正如嘉丽娜所说的，菲立普不在家的时候她曾邀过别的男人到家里来。但她怕马拿加古怪而猛烈的态度会引起范莉斯的注意。而且，他是一向奢侈惯了的，对于这间小小的起坐间和屋子里廉价的家具会有什么感想呢？玛丽丝整个上午都花在理发店里，她还修了指甲修了面。一照镜子之后她大为放心，她从来没显得这样美丽过。她还曾到一家出名的服装店去买了一套衣裳……这套衣服不会经久，因为料子不好，但至少现在看上去很精致。请他喝茶呢？鸡尾酒？葡萄酒？还是水果汁？玛丽丝怕自己所选的全不对。另一个问题，假使这个勾引者真的很猛烈的要求起来，她怎样自卫？好奇、腻烦及神往，使她自己觉得，将来总有一天她会委身于这个她并不爱的男人，但时间要尽可能的往后拖，也决不能在她自己家里，决不能在菲立普的屋子里。她突然想起，如在炉子里生一个火，当会使这间阴沉的起坐间显得比较舒适动人。她按铃。

玛　范莉斯，我觉得很冷……这层楼真是潮湿！生一个火，好么？

范　但是你记得么，太太？上次我们生火，烟得我们气都透不过来啦。

玛　我知道，但先生说，这只不过是由于起雾，或者是因为风向的关系。我忘记了是什么原因……今天不会又是这样的……你已经买了柴，放在其他房里。我们来试试吧。

范莉斯试了，结果大糟特糟。满屋都是浓烟，两个人泪水都被熏出来了。这时门铃响了。

玛　老天！是他……这里这么多烟，我怎么能让他到这里来？

范 你到饭厅去吧，太太，我可以把吃的东西拿过来。那边是很妥当的。

玛 （狼狈）啊唷，真是糟透啦！那间难看的房间！……但我们又能到什么其他的地方去呢？（门铃又响了，这次声音很大，很不耐烦）快去开门。

玛丽丝到饭厅去。她匆匆忙忙地把还放在餐具架上的一盒牙签和一盒水果收起来。门开了，范莉斯把马拿加引进来，范莉斯现在容光焕发，因为得了一千法郎的赏钱，马拿加穿了一套最漂亮的淡灰衣服。这位勾引者进来时面带笑容，充满自信，但当看到上面空无一物的桌子、六张硬椅子，以及朝着一个阴暗的院子打开着的窗子时，他的笑容消失了，变成一副吃惊的神情。在这样一个布景中，决不能演出一个成功的爱情场面。

马 （讽刺地）多么愉快的一个地方……但是，亲爱的女士，你似乎应该在一个更加舒适点的房间里接见我……更加随随便便的一间，成吗？（他吻她的手）

玛 （嗫嚅地）是的，我知道。我非常抱歉……我想生一个火……但烟囱很久不用了……现在起坐间里全是烟！真对不起。

马 （很小心地坐在她身旁的一张椅子上，对于他魁梧的身材，这张椅子未免是太单薄了）用木材来生一个火！真是美妙的念头。火焰照射在赤裸的皮肤上，没有比这更可爱的了……这给了我鼓励。

他环抱她的肩头，想把她拉近。她抗拒。

玛 （担心地）我们得谨慎些。女佣人随时会进来……你喜欢喝点什么？茶？还是葡萄酒？

马 茶？向来不喝……我喜欢葡萄酒，不过要是陈的浓的，但现在不喝……过了之后。（意义深长地）

玛 （真的不懂）在什么之后？或许你喜欢吃一片三文治或是饼？这里都有。

马 （乖张地）我亲爱的女士，我不喜欢被女人愚弄，不管她是多么可爱的一个人儿……在这时候，我本来可以去参加好几个鸡尾酒会，我并不是因为肚子饿，才到这个阴沉沉的地方来吃三文治的。有些男人对他所爱的女人只要能向她表示温柔的尊重，和她谈谈新出版的小说，就心里满足了，我可不是这种男人。我的作风不大相同，你一定知道得很清楚……我所以到这里来，因为我爱你爱得发疯了……因为自从我遇到你以后，我便不顾一切的要得到你。

他一面说一面接近玛丽丝。她吓呆了，向厨房门口倒退。正在这时，范莉斯进来了，几乎撞在马拿加身上，他一见她就愤怒地喝问。

马　（狂怒）谁叫你来的?

范　（吓倒了）但，先生……太太对我说过。

玛　（安静而坚决）那很好，范莉斯……把盘子放在那边好了。

马　面包卷和朱古力？还有什么呢！这带我回到学生时代去啦。

玛　（现在是她在调弄他了，她已控制了这局势）我正是这样想。

范莉斯的出现使这个勾引者不得不坐下来。他是一个决断很迅速的人。就像拿破仑那样，他知道爱情就和战争一样，要得到成功必须短兵相接。这间房子里既没有长椅又没有沙发，和厨房又这样近，他决不能在这地方进行攻击。因此他改变了战术，一等范莉斯离开，就同情地耸耸肩。

马　可怜的小东西！（玛丽丝大惑不解）不错，可怜的小东西！你年轻，你美丽得不得了，而你一生却要在这样糟糕的地方度过！（她作了一个抗议的姿态）是的，糟糕，你是知道得很清楚的。你的修养太好，所以对丑恶的环境不大在乎……只要一看你所穿的衣服，就可以知道你到底是怎样的一个人。我第一次见到你的晚上你所穿的那套蓝色衣服……那真了不起……可爱的线条。我所以知道，是因为我注意这些东西，我可以断定你丈夫从来不注意……我还可以断定，这样难看的家具一定是他挑选的。我猜得对不对？

玛 那是他家里的东西……菲立普对这些并不在乎。

马 （讽刺的语气）或许是这样，但他使得你有了这样糟透了的东西……我可以听到他这样说："不，亲爱的，我们买不起新的家具……我爸爸妈妈的椅子，我们将就着用一下就算了。"你瞧，这些藤椅把你的衣裳弄成这副样子；全是凹凹凸凸的纹路！你听我说，玛丽丝，你一定得到我住的地方去，你在那边可以发现一个和你的美貌相配合的环境……我的黑长椅，我的毛皮地毡，以及像你手臂那样柔软的垫子。（玛丽丝让他抚摸她的手臂）你在我住的地方可以见到我亲手布置的花卉装饰……我收集的罗丹的绘画，其猛烈和性感，就如我对你的爱情那样……你可以在我衣柜里找到美丽的睡衣和女性内衣，你穿起来一定非常合身，因为我会帮你穿。我的佣人非常谨慎，而且是瞧不见的。你根本不用见到他们……我自己来给你开门……你答允来吧。

玛 说得小声点……求求你。

马 （放低了声音，非常温柔）很好，但你答允来……你丈夫不在这里，他什么时候回来？

玛 星期五，但是……

马 那么你星期四来……我在五点钟等你。用不着回答……五点整我在门口等电梯上来。在我住的地方，你将会得到你从来没有过的快乐，可怜的亲亲……不要回答。

他站起来，用力地吻她的手，退向门口，做手势叫她不要动。

星期四。四点钟。玛丽丝的卧室。她刚打扮好，在镜子中端详自己。她那套灰褐色的绉绸衣服，式样简洁，但剪裁完美。她的手袋和皮鞋是粽色鳄鱼皮的，和帽子与手套的颜色相配。（这个月的开支预算有点不容易平衡了。）现在要考虑的是，要不要戴他所送的那个宝石花别针呢？她别在衣服上试了一试。又放回到盒子里，她感觉到，她自己这种光彩的单纯之美是更加好看。

玛丽丝的独白，她在考虑。

我去不去呢？我知道我并不爱他……他的自高自大和随便轻浮简直到了荒谬的地步……有时候他把我内心最恶劣的一面发掘出来，又激起我从来没感觉过的最可怕的欲望……但我是不是愿意永远和他住在一起呢？老天，我不愿！而且，他也并不希望这样。对于他，我只不过是他许多情妇中的一个。我可以维持一个月，或者两个月，最多不过六个月。（她在镜子中照照）不过很明显，我的确打动了他。自从他开始追求我以来，我觉得自己是更美了，那的确是这样……我不知道那是什么原因。这是情感？卖弄风情？还是我在想努力达到一种菲立普从来不会想到的雅致和完美？……可怜的菲立普！这时候，他正在里昂一家旅馆里，很快乐的想到明天要回到我身边来……因为他的确是用他那种粗糙而笨拙的方式来爱我的……这种爱情或许并不完美，但他少不了我。如果他要在我和其他任何东西之间作选择，菲立普总是会选我……马拿加则会选他最新遇到的情人，只要她是最新奇、最会逢迎的……然而，我从少女时代就在渴望的一种我不知道的东西，或许只有马拿加才能给我……西比尔说他住的那层楼是一件艺术品……他的爱情怎样呢？这个我不太有信心。他的极端自我中心，会把一切都搞糟。即使假定一切都很好，为了一小时的欢娱而把一生毁灭掉，是不是值得呢？……这样，和菲立普之间，一切就算完了……我和他永远不能再自自然然的相爱……马拿加会把这一切都破坏的……他把他所有的情妇都给毁了……（她站在镜子面前，下意识地脱下帽子）假使我不去呢？假如我叫范莉斯打电话给他说我身体不舒服？他一定会大发脾气，暴跳如雷……我可能不会再见到他……我是不是真的这样不舍得？（她又戴上帽子）可能我心中真的会感到遗憾，他带给我生命中的一切兴奋激动我也一定错过了……我对嘉丽娜怎样说好呢？……是的，但菲立普会怎样！

她脱下帽子。这时大门砰的一声。只有菲立普才会这样响的关门。玛丽丝吓了一跳，侧耳倾听。她听到菲立普的脚步声，以及他把皮包丢在箱子上的那个熟悉的声音。然后是菲立普的声音很开心地问："太太在家么？"

范　在家，先生……她正要出去。现在她准备好了。

菲　（走进卧室来）准备好了干么？……欢迎她的丈夫么？

玛　（欢容满脸）是的，亲爱的……我从来没有这样欢喜见到你。但怎么了？我以为你是明天回来的。

菲　不错。我本来也是预备明天回来的。但今天早晨司长决定乘快车回来，我们匆匆忙忙的离开，所以我没有时间通知你……你真是漂亮，玛丽丝！你要到什么地方去么？

玛　我还没有决定……马拿加刚才打电话来。

菲　又是他！……我愈来愈讨厌他啦。

玛　今天晚上他要举行一个鸡尾酒会，他说可以乘这机会把他所收集的罗丹的绘画拿给我们看。

菲　又是这一套！他明知我不在家。你当然不会单身到他住的地方去，是么？

玛　我正要叫范莉斯打电话给他，用一个什么借口说我不去，但现在你回来了，我们就可以去啦，亲爱的……今天晚上你没有什么特别的事吧？坐了这么久火车你累不累？

菲　（粗鲁地）我一点也不累，但你别想拉我到马拿加那里去。

玛　为什么不，亲爱的？他见到你一定会很高兴。

菲　我可不大相信。

玛　假使他不高兴，那可更有趣啦……

菲　（终于屈服）你一定要我去？好吧。给我五分钟换一套衣服，咱们就去。

他匆匆跑进浴室，砰的一声把门关上了。玛丽丝一个人留在房里，又照照镜子看看那一身完美的灰褐色衣饰。她轻轻叹了一口气，然后微笑起来。她想像马拿加穿了一件晨褛来开门，她决定要这样说："我把我丈夫带来啦。我想这一定更有趣。"

第十一课　重大的不幸事件

教授　各位女士，各位先生，在以前的几课中，我曾显示给你们看，在婚姻生活中可能发生什么危险，但我所表示的婚姻并不是一种妥协，也不是破裂。我们知道，玛丽丝设法抗拒了勾引她的人，那是她第一次遇到的诱惑。这很值得赞美，但她将来是否会仍旧忠诚，可惜得很，我们无法确定。假使不忠呢？那就是有了外遇；假使发生了这种事情，结果可能是离婚，也可能是一种很难堪的妥协。在这一课中，我要把这种情况提出来向你们作一个警告。

我们这样想像，菲立普的收入并不好，而且过份节俭，没有供给玛丽丝足够的钱来购置体面的衣着、支付孩子们的费用及家用。但玛丽丝仍旧还很美丽，很动人，渴望漂亮的衣服。一天，一个有钱的中年人，他是一个退休了的大使，向玛丽丝建议帮助她解决这个两难的问题。最初她很愤慨地拒绝了。渐渐地，她终于接受了他的引诱。他对她的爱慕、他的性格和谦逊使她感动了。总而言之，她屈服了。菲立普整天不在家，她有极多的机会和一个情人幽会，即使他的住所离巴黎是相当远的。一个妻子竟可以很容易的在家用账中开支一笔数目巨大到了荒唐地步的款子，而丈夫不致发觉，她对这点很感惊异。还是菲立普故意假装不知道呢？不会的，玛丽丝绝对相信她丈夫对她的信任和盲目。或许，她现在已找到了真正的妥协。

在下面这些场景中，我要显示给你们看，她为什么错了。这是一种虚假的安全。因为，对于沉溺在这种妥协之中的人，任何时候发生的一个偶然事件都可给他以极重大的打击。第一场戏发生在这对杜朗夫妇的卧室中，时间是一九四八年一月二十八日。（你马上就会知道我为什么要强调这个日子）百叶帘还没有拉上。菲立普从床上跳下来，开了电灯，脱去睡衣开始做早操。弯腰，提腿，深呼吸……

★　★　★

玛　（睡在被里，睡意未醒）你干么不穿衣服站在那里呢？你会伤风的……干么开电灯？你把我弄醒啦。

菲　我在做早操，亲爱的。已经七点钟啦……

玛　已经七点钟啦？（打哈欠）我觉得好像刚刚上床

呢。

菲 （拉开窗帘）你看书看得这样夜。你瞧……天早亮啦，对面的老太太在煮咖啡了。

玛 （打哈欠）把收音机打开吧。

菲立普转过身来，温柔地看她。他一向觉得他太太很漂亮。她睡眼惺忪地躺在那里，柔软的头发蓬松着，他对她那股孩子气的神气很是着迷。

玛 别这样瞧我。我早晨难看得很……你在等什么呀？……开收音机吧，否则新闻报道要听不到了。

菲立普开收音机。新闻已报道了一半。

报道员 ……因此，政府决定收回所有五千法郎面额的钞票，这种钞票以后不得在市面流通。持有这种钞票的人应将钞票交回任何银行。从星期一起，持有小量这种钞票的人可以得到补偿，但数额有一定限制，有待决定。兑换截止的日期即将公布。据估计，这种五千法郎的钞票在市面流通的共达三亿三千万张。

玛丽丝吃了一惊，坐了起来。她迅速地把披在眼上的头发撩开。

玛 什么？他们疯啦！

菲 （在扣衬衫扣子）一点也没疯，亲爱的……我很久以前就预料到啦……这可以整一整那些把钞票藏起来的人，尤其是那些搞黑市买卖的家伙。

玛 你早就知道了？你为什么从来不说起？

菲 因为这不会影响到我们。唉！没有人能说我们囤积……我只有三张五千法郎的钞票，我藏着是准备买你的生日礼物的……至于你呢，昨天你对我说家用的钱已经完了……所以，那又何必担心呢？

玛 你说得对，这和我们没关系……你这三张钞票怎么办呢？

菲 （把吊裤带拉到肩上）啊，那容易办！我只要交给银行就成了，但为免麻烦，我或许可以把这三张钞票和部里公家的钞票一起去兑，出纳主任和我关系很好。部里快发薪水了，他手边有成千成万的钞票呢。我这三张钞票他马上就可以换出去。但老天爷，你干么要担心呢？这和我们是没有关系的，亲爱的。

玛 你说得不错……我不大懂。这是你的事情……不管怎样，你总是一家之主。来吻我吧……不，再吻得好些！你回来吃中饭吗？

菲 当然回来。

她又睡下去，闭上了眼睛。但她是假装睡着，因为她一听见菲立普砰的一声关上了大门，她就跳下床来，跑到她的五斗柜去，拿出一大卷钞票来开始点数。然后她把这卷钞票又藏在一堆女人的内衣底下，沉思着回到床上。她睡下来，看了一下时间，拿起电话拨了一个号码。电话响了很久，对方显然还在睡觉。终于有人接电话了……

玛 是你吗，蓓达？……不错，我知道现在还早得很。请你原谅，但我要请你特别帮我一个忙……收音机里广播的关于五千法郎钞票的事你听到了么？没有……当然啦，你是在睡觉。嗯，你听我说。政府决定收回这些五千法郎面额的钞票，从今天上午起不能再用。有这种钞票的人必须将钞票交给银行，以后可用小额钞票补还。什么？（停了一下）这对你没有影响？……啊，你讲起来就和菲立普一模一样！……但这对我有影响呀，我的小东西，因为我有三十万法郎这种钞票！你知道，我不能请菲立普去兑这些钞票，也不能请他写一张授权书给我，因为……嗯，我何必对你隐瞒呢，因为这些钞票是大使给我的。（停了一会）我不应该接受这些钱？……你以为我愿意要么？……不错，当然，我爱我的丈夫，的确是非常之爱，但为了让他欢喜，我必须穿得好好的，请上等的理发师做头发……这样子要花多少钱，菲立普一点也不知道……什么？我亲爱的，我并不是要你教训我，而是要你帮我忙呀……你能够的，比谁都便当，因为你是离了婚的，用不着请丈夫签字。你只须把我的钱拿去兑换，就像是你自己的一样好了……那有什么麻烦？为什么会困难？你只要说自从一九四〇年被占领以来，你家里就放着很多钱……那是很自然的。不，我不能请大使自己去兑换。为什么？……因为他不在这里，他到美国去了，要一个月之后才回来，而兑换到下星期就截止了。你听我说。啊，蓓达，你真没有情义！我真想不到你是这样的。从前你和丈夫在一起的时候，我至少也帮过你这种忙……嗯，或许并不完全相同，但我非常成功的替你隐瞒，帮助你打赢了那桩离婚官司。你记性真坏，我亲爱的……你不敢冒险？好吧，但请你保守这个秘密。我只告诉过你一个人。假使这件事在巴黎传开来，或者传到菲立普耳朵里，那我就不知道怎么办了。当然，我信任你，我只不过表示我的确……我才提醒你，就这样而已……是的，我会在嘉丽娜的派对里和你会面……这件事我怎么办？……别担心，我另外会想办法的。我只要求你保守这个秘密。

当天中午。玛丽丝现在是一派端谨的模样，穿着黑色和白色的衣服，在等菲立普回来。非常准时，大门砰的响了，就像平时一样的震动了各种饰物和壁上的图画。

菲 （弯下腰来吻玛丽丝）嗯，把这些钞票收回去，的确是一个精彩之极的主意……那些人可要麻烦了！不知道有多少坏良心的人！

玛　是的，今天上午我自己也找到了证据。

菲　你说什么？

玛　我可以告诉你，但有一个条件……那就是你不能问我这和谁有关。

菲　干么这样神秘呀？

玛　因为我曾用人格担保不提这个人的名字——甚至对你也不提——你知道，我说过的话是一定算数的。

菲　但亲爱的，至少你得告诉我，这个人我认不认识？

玛　当然认识……她是我们的朋友……只说到这里为止，别问她的名字……我们叫她做X太太好了。反正没什么分别……今天上午我正要出去买东西，在过道上遇到了她，她说："真幸运！我正要来看你。"当然我觉得很奇怪，上午十一点钟去拜访人家是不大有的，不管怎样，我不想请她进来，因为屋子还没收拾好。所以我说："你瞧，亲爱的，我必须出去买东西。咱们一起去吧，咱们在路上谈。"我们一起出去，她把她那教人难以相信的事告诉了我……她很爱慕她丈夫，那是很自然的，因为他年轻漂亮，风流潇洒。但他挣的钱不多，更糟的是，他对这一点毫不在乎……但他总是希望那可怜的……啊，亲爱的，我几乎把她名字说出来啦……因为他希望她妻子打扮得漂漂亮亮，头发和指甲都修饰得整整齐齐，她单是花在理发和美甲的钱就去了家用的一半。所以她有了一个情人，一个有钱的中年人。

菲 她不爱这个人？

玛 这说起来相当复杂。她实际上并不爱他，但心中对他存着某种温情和感激，甚至有一点敬仰，因为这个人是一个出名的人。但不管她真正的感情怎么样，这个“有钱人”到外国去度假之前给了她三十万法郎。

菲 都是五千法郎的钞票？

玛 你真聪明，亲爱的！其余的事情你都猜得到了。她说，“你想，我真是为难。这三十万法郎我是损失不起的，我欠了好几家店里的钱……而今天早晨宣布了这个可怕的消息，我怎么办呢？收音机里报道说，只有家长[1]才可以去兑换这种钞票。我不能要求……”老天！这次我又差一点把她丈夫的名字说出来啦。

菲 以后怎样？难道她想叫我们替她去兑？

玛 不错，她当然希望这样，她就是这样说。“你丈

① 家长指一家之主或丈夫。——编者注

夫是政府的公务员，他去兑换一下是很便当的……我相信他一定肯答应，他一向待人是很好的……”她是很敬仰你的，亲爱的。

菲 （粗鲁地）我不感兴趣。我只要一个女人，那就是你……我希望你对她说滚他妈的，她是罪有应得。

玛 但我说不出呀，她的处境感动了我……她显然是很诚恳的；她非常怕她丈夫知道这件事，因而使他心中难受。我真的觉得她的话是真诚的，只因为她真正爱她丈夫，她才弄得这样狼狈……

菲 （愤怒地用拳头敲桌）你疯了么！你知不知道你自己在说什么话？这个女人非常爱她丈夫，以致不得不对他不忠？……没错，这一刻钟来，你想告诉我的就是这么一回事。

玛 你的心肠真硬！你好像并没有懂……真怪，我总以为你要敏感得多呢……前天我还对蓓达说：“我的丈夫了解女人的心事，我有这样一个丈夫真是运气不坏……”

菲 这个女人是蓓达么？

玛 不是，亲爱的！怎么会是呢？蓓达是离了婚的，她爱怎样便怎样……别费心去猜啦，你一定猜不到的……甚至是我，当时也大吃一惊呢！

菲 但我希望你并没有答允帮助她，是吗？

玛 啊，菲立普！有时候你的脑筋真不灵！当我们听到收音机里报道这新闻时，我问你这会不会影响我们，你回答说："绝对不会的，出纳主任有成千成万这种钞票；我们这几张可以很容易送到部里请他一起去兑……"我想在我们的钞票中再加上几张，你当然不会反对的。你不认同么？

菲 你收了她的钞票？

玛 就在这里……从今天上午起，这些钞票就一直放在我这手袋里。

菲立普从桌边站起来，因为愤怒而全身发抖。他在那小小的起坐间里走来走去，双手放在背后，滔滔不绝地口出粗言。

玛 干么呀？别这样荒唐啦，菲立普。过来坐下，喝咖啡吧，都快冷啦。

菲 我不要喝什么咖啡……这件事我气得很！这教我非常麻烦，你难道不知道？今天上午我在办公室里对人家说我只有三张这种钞票。现在突然来了这样大一笔款子，你教我怎样解释？

玛 啊，你会办得妥妥当当的！你善于解释，总不愁找不到借口的。

菲 但我一点也不想去找借口。这件事情我整个儿就讨厌……我很恨这种事，我不想牵涉在里头。

玛 好吧，亲爱的，我本来以为你脾气是很好的，但我弄错啦，我马上去看这个可怜的女人，把钞票还给她。当然我很怕去，因为我知道这对她是一个可怕的打击。今天上午她都好像快自杀啦，可怜的东西，我答应帮助她，主要就是为了这原因……但既然你不愿意，或者是办不到！而且，我知道真正的原因，是你自己又作不得主。

菲立普又坐下来，搅一搅他已喝了一半的那杯咖啡。

菲 问题不在这里……虽然我自己作不得主，但只要我愿意，我很容易把这些钞票去兑掉……我和出纳主任的交情很好，我知道他在星期一之前不会去兑换的……但我认为，在这桩丑事中帮她忙是不道德的。

玛 （走过去拉着他的手）亲爱的，我们不要太随便的判断别人。我们生活过得很幸福，我们的收支可以平衡，你的收入可以让我们过得舒舒服服的，可不能以为别人也能和我们一样啊。有许多女性朋友曾向我谈起过这个问题，我知道有好几对青年夫妻的经济问题严重得不得了……如果一个妻子是真正爱她丈夫的话，她怎么能告诉他，他供给不起她所一向过惯了的生活？……尤其是假使他收入太少的话？我们可以庆幸我们运气好，但我们可别做法利赛人，在别人不幸的时候去责备他们。

菲 （直截了当地）把钞票给我……你仔细数过么？假使少了我可不愿负责！

玛 我数过两遍。但你自己点一下。你数钞票的本事比我好得多了……而且是这样快。

菲 （得意）那因为我是数惯了的……

几星期之后。菲立普从办公室里回来，静静地把三十卷钞票放在玛丽丝的桌上。玛丽丝抬起头来，一副毫不知情的询问的眼光。

菲 在这里了。

玛 这是什么，菲立普？这许多钱哪里来的？

菲 这是你那位神秘朋友的三十万法郎。你那位美丽的、不贞洁的女人总可以满足了。至少，我希望她是美丽的……不管怎样，我想我知道她是谁。

玛 什么事都瞒你不过的……但我可没对你说过呀，亲爱的……何必现在去找她出来呢？你已帮助了一个遇到重大困难的人，我非常感激。让它去吧，别再想起她。

菲 我总不自禁的要想到那个头脑简单的可怜的丈夫，他被人在背后搞了这么一出把戏，可是他自己还在洋洋得意呢……

玛 他为什么可怜呢？这件事他并不知道。他完完全全是快乐的。

★ ★ ★

铃声。下课后，一个学生停留了一下，然后走到教授跟前。

女学生 你知道……我不喜欢今天最后那一场戏。这教人觉得不愉快。

教授 不错，小姐，但必须要知道，生活中是有这种“不愉快的”场景的。或许，你将来会有一天因此而避免了自己扮演这种角色的危险。

女学生 或许会的，但你破坏了我对玛丽丝的印象。我对她的看法本来是不同的。

教授 别担心，下次你看到的玛丽丝又会教你喜欢了。

第十二课　银婚

教授　各位女士，各位先生，今天是我们这个讲座的最后一课。今天是玛丽丝和菲立普的结婚二十五周年，习惯上这称为银婚，为什么选中了第二十五周年呢？可能是因为人们计数时是用一百一百来算的。人们重视一世纪这个数目。他们很热心地庆祝诗人、艺术家、将军的百年诞辰或百年祭，但没有人有过结婚一世纪的经验！所以，我们庆祝半世纪的婚姻，说这是金婚；庆祝四分之一世纪的婚姻，说这是银婚。我们来想像，今天是你们的银婚日。你们举行宴会招待亲友，现在是在等他们到临。你们要说些什么话呢？你们心中在想些什么呢？你们的婚姻是不是成功的？在过了二十五年之后，你们是幸福的、灰心的，还是苦恼不堪的？我们可以回想到别人的银婚，有些简直是一个闹剧，有些则是很愉快的。在下面的表演中我要把两种情形都显示给你们看。首先是一个用错误的方式来庆祝的银婚。

★ ★ ★

菲 他们什么时候来?

玛 五点钟……我请他们要准时来。

菲 真是麻烦!难道我们必须把我们所有最疏远的亲戚都请来,而目的是使他们记得,在二十五年之前,我们造成了我们生命中的大错误?

玛 我们没法避免庆祝啊。我们所有的朋友都庆祝银婚的,你自己哥哥去年也是庆祝的……如果我们不庆祝,那未免太引人注目了。

菲 我们的婚姻是无可救药的失败,难道你以为别人不知道么?你的客人们会怎样说我都想像得出来:嘉丽娜会像平常那样的讥笑:“他们真想得出,要来庆祝银婚,都把我笑死啦!说‘锡’婚倒还适当些……”然后,你亲爱的朋友蓓达会说:“我亲爱的,对于二十五年的争吵和欺骗,我是不会感到兴奋的。我只希望玛丽丝把她所有的旧情人都请来,而菲立普也邀请了他所有的女朋友,那才有热闹可瞧呢……”(停了一下)说真的,你请了你那个音乐家朋友吗?

玛 当然请了。

菲 真是不知轻重……大使呢?

玛 嗯，你可请了桑黛儿和桃乐莱。不管怎样，我可以告诉你，现在我一点也不想请客人来吃饭，只想好好痛哭一场……二十五年以前，我是一个美丽的少女，对将来充满了希望，期待结婚之后可以得到无比的幸福，现在想来真是难受。你瞧瞧今天的我吧，我一生都毁了，已没有重新来过的机会！

菲 这都是你自己不好。

玛 不，这是你不好……婚姻是不是幸福，那是由男人决定的，尤其在开始的时候。你是有经验的，我却是年轻而幼稚。你和我结婚，其实并不是真正爱我，只不过你以为我爸爸对你的事业可以有帮助。甚至在我们度蜜月的时候，你也从来不对我表示一点点的温柔体贴。有一次在米兰，你在吃过晚饭之后不舒服了，我只好在脸盆上面托住你的头。只有那一次，我才觉得我们是真正好好地结了婚的。这不可耻么？我们度了蜜月回家，我抱怨说你不把我放在心上，好像我这个人根本不存在似的，你竟不要脸地说：“一个人结婚并不是要成为两个人，而是要使自己不致孤单……”（轻蔑地）但就是这一点你也没有能做到。

菲 （辛辣地）你马上回答说：“恰恰相反，我们结婚是为了要有三个人、四个人，或者五个人……”这可是你亲口说的话。

玛 你希望怎样？我在家里得不到爱情，只好到另外地方去找……如果我感觉到你是在爱我，那我自然会忠诚了……不，不要这样耸肩。我本来可以一直爱你，这一点也没错。只要你再稍稍温柔体贴一点就成了。但你从来不对我说一句亲爱的话，从来不送一件礼物给我……

菲 （愤怒）别再说下去啦！这间屋子是谁租来的？你的衣服首饰是谁给你的？

玛 你要做一个普普通通的正当人家，你就不得不给屋子我住，不得不让我不是赤身裸体的走来走去。但你有没有过不经我要求而给我一件什么漂亮的东西，使我大吃一惊而高兴得不得了？从来没有。

菲 我不知对你说过多少遍了，我根本不重视珠宝首饰，所以也从来不想到这种东西。就是这样。

玛 不，并不只是这样，菲立普。一般正常的娱乐和享受你都不喜欢。我抱怨的就是这点，其他的女人也是这样的……你只顾自己，根本不想到别人……（稍顿）今天是我们的银婚，你送我什么？

菲 你知道得非常清楚，因为那是我们一起去挑选的……那个有吊坠的银别针。

玛 就只有这个别针？他们会觉得这件礼物真是寒酸。

菲　谁是他们？那些没吃饱饭的亲戚？他们来就是狼吞虎咽的吃我们的三文治和点心，把我们的香槟酒统统喝光。我们既然谈到了这个问题，可别让你姊姊和她那些孩子们一上来就开始用餐……我可知道这四个男孩子的脾性。他们比任何人都早到一刻钟，占据了战略性的位置，然后就像一个占领国那样干了起来……等他们吃饱时，已没什么东西剩给别人了。

玛　可怜的孩子！他们在家里没什么吃的……这种家庭式的宴会对他们是意义很重大的。

菲　家庭式的宴会？你谈起来倒真像是亲亲热热的一家人……是不是真的这样呢？你不喜欢我妈妈，我也不喜欢你妈妈。而且，我们自己的孩子们今天也不想法子回来。

玛　你说得太不公道了。他们怎么能来呢？蒙妮克和她丈夫一起在埃及，马克在美国。

菲　快速飞机有的是。不，事实是这样，他们知道我们真正的感情，觉得这种庆祝是很可笑的。他们一点都没错！……我们的亲戚就是那些一表三千里的表兄弟姊妹、没吃饱饭的姑母、一个钱也没有的舅舅……至于朋友们呢！为了要发现他们真正的价值，我们所付的代价实在已很可观的了……

门铃声。有人开了大门。

玛 别说啦！他们来了……我鼻子是不是需要扑一点粉？

菲 不必啦，我最亲爱的太太，你鼻子上并没有发油光，就算发油光吧，谁会关心呢？只有你那位音乐家朋友了。

客人进来的喧闹声。

玛 （高兴地）茜丽娜姑姑，看到你真是高兴！……你把孩子们都带来啦，那真好！多有趣啊！……吃的东西在那边……喂，毛毛……喂，咪咪……喂，摩佬……他们都长高啦，是么？

菲 你好，萧邦斯基先生。你来我真是高兴。假使没有你，我们的宴会就黯然失色了。啊！大使，你今天大驾光临，我们真是不胜荣幸之至。

玛 桑黛儿，我真想你啊！这包裹（里）是什么东西？……啊！但是你用不着费心啊，亲爱的……像我们这种老夫老妻，人家不必送礼了……对不起，请等一下。大使好像想说话……不错，他是要说话……（她鼓掌）大家请静一静！大使先生要说几句话。

大使 （向菲立普和玛丽丝发表演说）我亲爱的朋友们，自从你们结婚后，我们就相识至今，对我们来说，这真是一个令人感动的日子。在今天，可以跟你们庆祝你们二十五年来幸福的婚姻生活，那是我们的荣幸，也使我们感到十分欣慰……这种婚姻中的幸福，你们并不是自私自利地只是自行享受，而是如此慷慨大方的和你们许多朋友们共享。多谢你们，我代表我们全体向你们表示谢意。让我们向你们祝贺，并且说："二十五年之后，我们要再回来庆祝你们的金婚。"可以吗？

众人鼓掌。

★ ★ ★

教授 现在，我要给你们看看一个真正的银婚。这个场景发生在菲立普和玛丽丝结婚二十五周年之前的几个星期。已经很晚了，他们坐在安乐椅上看书。

★ ★ ★

菲 下个月就是我们的银婚了，你想到了么？

玛 当然啦，亲爱的，最近别的事情我根本就不大想到……你也记得，我很高兴。你心里要想的事情这样多，而记性又不大好……你没忘记这件事，可真是一个好丈夫。

菲 这个日子带给了我这么多幸福，我怎么可能忘记呢？

玛 真的么？你真的一直是很幸福么？你没有什么感

到遗憾的？我有时候想，如果你不结婚，你的生活那就要过得便当得多了……你会很自由，可以专心做你的工作，用不着养家。而且，你仍旧可以拥有任何你想要的女人。

菲 老天爷，那些女人我要来干么？她们会烦得我哭出来。

玛 她们可能是很漂亮的。

菲 但你也是漂亮的啊，亲爱的，甚至比我和你结婚的时候更漂亮。灰白的头发很合适你，你的脸显得很宁静，你的体态自然而成熟，那是你在年轻时所没有的……你很聪明，不像桑黛儿和蓓达那样去染头发……在一个银婚中，银色的头发是好得多啦。

玛 当真？你还是喜欢我么？

菲 完完全全的喜欢，永永远远的喜欢。在这世界上，只有和你在一起，我才感到自由自在。我们相互了解得如此之深，所以我们之间并没有秘密，这是婚姻了不起的好处，我们当中没有什么好隐藏的……根本不需要装假。在整个人生之中，我们都穿着我们的盔甲，事实上我们的确是需要盔甲的。但一对婚姻很幸福的夫妻，却没有任何互相提防的需要，感谢上帝！这真是舒服！

玛 但是，老是和这个女人在一起生活，是不是会腻烦和单调呢？我并不觉得厌烦，因为我喜欢单纯，我不爱多有变动。只要你在我身边，我重新看看我所喜欢的那些书，听听我喜欢的那些交响曲，我就不再要求什么了。但我知道我并不聪明，我相信我有时候一定烦得你讨厌得要命。我觉得，我们在一起生活了这么久，我已没有什么话可以对你说的了。

菲　亲爱的，真是瞎说八道！你总是有许许多多话说的。你倒老实告诉我，我们是不是有过枯燥的和勉强的谈话呢？不，从来没有过。在过去二十五年中，我记不起有一天对你感到讨厌。相反的，在和别人在一起的时候，我常常觉得无话可说，因为人与人之间并不是一切都可以谈的……但对于你，我想到什么就说什么。

玛　一场幸福的婚姻是从订婚开始一直继续到死亡为止的谈话，夫妻双方对于这场谈话从不感到厌倦。

菲　那些谁说的？真的是这样。

玛　是你说的，我的甜心。你瞧，我说的就是你心里的话。事实上……我只是你的回声而已。或许因为这样，所以你才不觉得我太蠢……因为我们已有了二十五年共同的回忆！我们在一起经历了那么多的事情呀！战争、生育、死亡、友谊、失败和成功……

菲　联系我们在一起的这个脆弱的纽带，始终把我们联系在一起。

玛 有一次我们的婚姻几乎发生问题呢……那是你到瑞典去了一次之后，爱上了另一个女人……完全给迷住啦。

菲 今天别谈这个，玛丽丝。那完全是过去了的事，我早已忘记啦……我从来也没有想起过她。

玛 啊，我常常想起她，我喜欢谈到她，虽然都已经过去了。毕竟，桃乐莱增强了我们之间的联系。那时我威胁着要离开你，说你必须在她和我之间选择一个，你选了我。那时候我知道，你的确是需要我的……对于我，这也是一个教训。你知道，我本来已经开始在对自己不加注意了。我认为你对我的爱情是理所当然的事，所以我不再费心来让你喜欢，来使你幸福。嗯，你这段情史使我懂得，婚姻是不能任其自流的……这是一场你每天必须参加、每天必须获胜的竞技。

菲 不但每天，而且是每晚。没错，你说得对，亲爱的。我们干得还不坏。现在，这个银婚怎么办？我们怎样来庆祝？我想我们必须邀请我们所有的亲戚朋友……照例要演说，喝香槟……我送你一件什么礼物呢？

玛 我还有什么可要求的？我所要的你都已经给我了。

菲 不，说正经的，你喜欢什么？

玛 我凭良心说真的不知道。你比我自己更知道我喜欢什么……出去吃饭时，你如给我点一个菜，总是我自己正想要的那个菜。但是亲爱的，对于我们的银婚，我知道什么是我所不需要的，那就是人多的场面。咱们一个人也别请。我希望那天整天单独和你在一起。这个我们可以成功做到，因为那时候你正有假期。我知道的……我们回到我们一切幸福的起点吧。

菲 这念头真妙！很好，我们回到你舅舅替我们主持婚礼的那个乡村去，回到那个小教堂里去，我是在那里把戒指戴在你指头的……我的上帝，那天我真抖得厉害！

玛 我也是呢，不过那是为了快乐而发抖。亲爱的，然后我们要一步一步的回溯我们的蜜月……我们到我们那所有趣的、破旧的旅馆里去过夜，就和二十五年之前一模一样。

菲 但这一次我们不必害怕和紧张了。

玛 不会的，但我仍旧会有那种期待的感觉……隔壁房里那个小女孩在弹一曲华尔兹，弹得真糟，你还记得吗？那个调子我永远不会忘记……我认为这可以算是我们的主题曲。我还买了这个曲子的唱片呢，现在我一个人的时候还有听。

菲 我在的时候干么不听呀？

玛　因为那是很久很久以前的事了……我怕你会觉得我真是过份的多愁善感。

菲　应当是这样的，亲爱的……请你现在放这张唱片给我听。

唱片唱了几小节华尔兹，玛丽丝把留声机停了。

玛　啊，亲爱的！（*叹了一口长气*）我真希望我们现在就在那里，在那个有趣的旅馆里。

菲　一个月后，你就会在那里了。

玛　结了婚就是这点好……既安全，又持久。我们可以拟定计划，说“在一个月之后”。假使你是我的情人而不是我的丈夫，我就不知道你在一个月之后是不是仍旧要我。

菲　有人说，婚姻所以能得到成功，因为：“它把最多的诱惑和最多的好处结合在一起。”这句话是谁说的？

玛　我根本不喜欢这句话。

菲　因为你并不是一个注重现实的人，我的爱。这是你的美德之一……

玛　你还记得我们在谈恋爱的时候的那个晚上吗？那天你送我回家，我爸爸隔了很久才来开门，你对我说：“如果没有人马上出来，发生什么后果我可不能保证了。”

菲　已经夜深了，亲爱的。如果我们老是这样谈下去，现在我可不能保证我自己了……

玛 （仍旧爱俏地）那正是我所希望的。

那曲华尔兹愈来愈响，然后温柔地低沉下去。

译者跋（戏仿教授所说）

各位女士，各位先生，我们在分手之前，我想总结一下我们过去这些简短的研究。拜伦曾说："为所爱的女人而死，比和她同居在一起要容易得多。"这句话中是包含有一点真理的。婚姻中有许多困难的问题，这我们已经看到了。在结婚的时候，我们发誓要忠诚，而忠诚之"对于一个人，并不见得比笼子之对于老虎更自然些"。婚姻的意思是说，两个想法和感觉都有很大差异的人要一起过共同的生活。这一仗能否打胜，能否"虽然结了婚，仍旧很快乐"？我们这个讲座所讨论的就是这个问题。在婚姻中得到幸福的最大障碍，似乎在于两性的要求是互相矛盾的。我曾设法表示给你们看，只要每个人能接受对方的优点和缺点，那么这个障碍就可以克服。我们决不能预期我们所爱的人刚巧和我们特殊的理想相配合，相反地，是要修正我们自己的理想，使得这理想和我们所爱的人比较接近。一个聪明的丈夫并不会期望他妻子具有男人的品质，也不会期望她是他少年时代所梦想的那个美丽奇妙的人儿。相反地，他要赞赏她女性的风格，她特殊的个性。同样，一个好妻子并不抱怨她嫁了怎么样的一个丈夫。她要知道怎样去了解他，容忍他的缺点，逐渐逐渐地改造他。婚姻所以比其他的关系好，因为它使丈夫和妻子都有时间来互相适应。如果男女之间唯一的联系只是性欲，那么只要争吵一次，一切就都完了。他们就会分手，去和别人发生关系，但新的关系也不见得会维持得比较久一些。在一段幸福的婚姻之中，在爱情之上会逐渐逐渐的产生友谊，这更为强固，因为那是从心灵和肉体两方面生长出来的。拉华先福高尔（François La Rochefoucauld）曾写道："有良好的婚姻，但少有愉快的婚姻。"我希望我已向你们表示，你们这一代能够得到愉快的婚姻，而且应该得到。根据莎士比亚、莫里哀，或者博马舍，爱情开始的时候总是一个愉快的求爱场面，但婚礼一结束，接着而来的就是不和及痛苦。温柔体贴的丈夫变成一个放荡无行的浪子，或者是善妒的老不死；新娘不是向人卖弄风情，就是凶狠泼辣。在这个讲座中，我们会设法替我们这对夫妻寻求一种可以终身维持下去的关系。我们现代的茱丽叶是罗密欧的同事和朋友，他们的谈话当然没有那么富有诗意。但这种平凡的爱情自有它本色之美。就像两位音乐家极度和谐地合奏，直到曲子奏完一样，一段幸福的婚姻也是这样令双方心满意足的直到老年。你是不是要得到这样一种婚姻呢？这要由你来决定，完全由你决定。在你们离开之前，我要赠给你们亚兰（Alain Fournier）所说的几句话，那是关于对婚姻的诚意的："不管你是自愿结婚的，还是被人劝诱而结婚的，事实总是这样，现在你不得不和一个人在极度亲密的状态下共同生活，这个人其实你并不是真正了解的，因为恋爱的初步阶段不会告诉你什么东西。你必须勇往直前，解决一切可能发生的问题，而不能等待……所有一切有价值的东西都是困难的。和某一个人快乐地在一起生活是一件艰巨的任务，需要双方都具有诚意。即使在二十年之后，你仍旧必须需要爱，需要被爱。"

在婚姻中，就像人类所有的事情一样，最重要的是幸福。在每一课中我们都看到菲立普和玛丽丝面临婚姻的歧路。每一次他们都有两条路可资选择，他们的婚姻是成功还是失败就在乎他们作什么决定。各位小姐，各位先生，你们自己不久也会面临这种决定。一定要选择忠诚，因为这是得到幸福的最确实的途径。

钢琴弹奏《婚礼进行曲》。